Abitibissimo

Abitibissimo

Nouvelles, contes et légendes

France Bastien
Bruno Crépeault
Jaquy Lamps
Anne-Michèle Lévesque
Gilles Massicotte
Jason Paré
Daniel Saint-Germain

Beaumont

BEAUMONT ÉDITEUR
945, avenue Beaumont
Montréal (Québec)
H3N 1W3
Tél. : (514) 273-6141
Téléc. : (514) 273-7021
Courrier électronique : info@debeaumont.net

Mise en pages : Édiscript enr.
Maquette de la couverture : Nicolas Calvé
Photo de la page couverture : Michel Tournay

Données de catalogage avant publication (Canada)
Vedette principale au titre :
    Abitibissimo
    ISBN 2-89551-012-1
    1. Nouvelles canadiennes-françaises – Québec (Province). 2. Abitibi (Québec : Région) – Romans, nouvelles, etc. 3. Roman canadien-français – 20ᵉ siècle.
    I. Lévesque, Anne-Michèle, 1939-
PS8329.5 Q4A338 2000   C843'.0'08054   C00-940423-6
PS9329.5 Q4A338 2000
PQ3917.Q42A338 2000

DISTRIBUTEURS EXCLUSIFS

POUR LE QUÉBEC ET LE CANADA
Édipresse inc.
945, avenue Beaumont
Montréal (Québec)
H3N 1W3
Tél. : (514) 273-6141
Téléc. : (514) 273-7021

POUR LA FRANCE
D.E.Q.
30, rue Gay-Lussac
75005 Paris
Tél. : 01 43 54 49 02
Téléc. : 01 43 54 39 15

Pour en savoir davantage sur nos publications,
visitez notre site www.debeaumont.net

J'ai toujours cru qu'on écrit
parce qu'on a perdu le paradis terrestre.
On est resté avec un immense trou
à la place du cœur.
On rêve d'un paradis, réel ou fictif,
d'un monde où l'on serait heureux.
Alors on crée des personnages comme
on crée un pays : pour combler ce trou-là.

ANTONINE MAILLET

Préface

Lorsque, par leur nombre, ils atteignent une certaine masse critique, les écrivains se livrent volontiers à des jeux littéraires mondains : charades, improvisations dramatiques, manifestations poétiques, échanges de maximes, romans à plusieurs mains, duels d'idées et billets doux...

Il ne fait pas de doute que ces activités de loisirs littéraires sont des manifestations de vitalité intellectuelle et de raffinement langagier. Mais, collectifs et promis à l'éphémère, ces jeux ne trouvent tout leur sens que lorsqu'ils mènent à des œuvres individuées, fortes et dûment signées.

S'il doit son titre à Jaquy Lamps, *Abitibissimo* procède d'une initiative de la romancière Anne-Michèle Lévesque. C'est elle qui s'est initialement chargée de solliciter la collaboration d'écrivains abitibiens connus et moins connus, en vue d'une publication collective destinée à saluer dignement le passage à l'an 2000 et le centenaire du rattachement de l'Abitibi au Québec.

De mars à septembre 1999, au fil de réunions successives, chaque collaborateur a dû soumettre ses textes à l'évaluation des autres membres du groupe. Chacun s'est livré au processus des lectures publiques, des commentaires réciproques et des corrections concertées, qui a finalement abouti au présent recueil de nouvelles, de contes et de légendes.

Dans ce Club des mots dits (les récits écrits devaient être lus de vive voix, de manière que les mots *écrits* se fassent mots *dits*), on se réunissait, paraît-il, comme chattes et matous les nuits de pleine lune, chacun prenant la parole pour raconter des histoires de son cru, avec pour seule consigne de situer l'action des récits en terre abitibienne. Cinq thèmes furent exploités par les sept auteurs.

On pourrait redouter qu'un tel exercice comporte d'énormes disparités de voix, des incompatibilités d'écritures menant à une sorte de marécage de mots, à un produit hybride frisant la monstruosité. D'où la nécessité que le tout soit en quelque sorte raboté, amaigri et reformé, dans un intense travail de révision et de réécriture. Bien mené, cet exercice peut constituer une expérience de création collective qui donne des résultats étonnants. Il semble bien que ce soit ici le cas.

Daniel Saint-Germain ouvre le bal avec une nouvelle qui a été primée par le jury du concours littéraire de l'Abitibi-Témiscamingue en 1997. C'est un texte merveilleusement languissant et en même temps vif et sombre comme tout écrit relevant des flux souterrains du subconscient. Les mêmes procédés répétitifs, tout autant efficaces et prenants, se retrouvent dans «Masquerades», pour rendre compte des effets de vague, de fuite et de retour de la mémoire qui se cherche et de la conscience qui se fuit. Et puis que dire de ces chutes stupéfiantes et si particulières dont seul cet auteur semble posséder la formule secrète ?

Nourries d'atmosphères bien particulières, les nouvelles d'Anne-Michèle Lévesque révèlent aussi bien une grande finesse d'observation psychologique qu'un humour corrosif, qui lui permettent de mener à fond des assauts ravageurs et de dresser d'hilarants portraits-charges. Par ailleurs, c'est avec force et éclat que l'écrivaine résume et précise la portée du présent recueil en un épilogue de grande ampleur qui pourrait à la rigueur faire office de légende fondatrice de l'Abitibi.

L'écriture de France Bastien a quelque chose de polyphonique : elle crée un effet de chatoiement continu. La vivacité de ses récits, extrêmement colorés, résulte en grande partie d'une langue inventive, chargée d'éclairs et d'annotations foudroyantes d'une drôlerie souvent amère.

La contribution de Gilles Massicotte se traduit par une série de chroniques policières liées les unes aux autres par quelques fils narratifs ténus et par d'autres liens tout à fait étonnants. L'auteur rebondit d'une nouvelle à l'autre avec ses coups d'éclat, ses effets inattendus, ses retournements spectaculaires. Toutes les lois du genre policier sont respectées : clarté et rigueur d'exposé, grande efficacité d'écriture, effets superbement ménagés.

Jaquy Lamps nous arrive manifestement armée de moyens littéraires hors du commun. Une écriture touffue et électrisante, à la fois précise et comblée de ressources, qui la fait parfois avoisiner le genre baroque. D'une grande ampleur de perception, sa nouvelle « Sous le signe des Gémeaux » rend compte de la radicale difficulté d'exprimer l'élémentaire et le sublime, le primitif et l'achevé. Elle s'attaque à un thème ambitieux, quasi démesuré, qui pourrait presque se formuler ainsi : les paysages abitibiens sont-ils solubles dans de vastes mouvements symphoniques ?

Bruno Crépeault maîtrise de mieux en mieux l'art du dialogue et sait ménager des moments de grande intensité. Cet auteur semble posséder des antennes ultrasensibles qui enregistrent tout, et ses textes comportent souvent un renouvellement de ces images auxquelles nous ont habitués les genres fantastique et gothique.

Nouveau venu, Jason Paré ne craint pas de froisser les cœurs sensibles et les bonnes âmes. Turbulentes, morbides et sanguinolentes à souhait, ses nouvelles rassemblent tous les ingrédients du solide thriller qu'il écrira sans doute un jour.

DENYS CHABOT

Avant-propos

À Val-d'Or se sont réunis sept auteurs partageant
tous la même passion des mots :
- une anticonformiste,
  abitibienne de naissance ;
- une Abitibienne d'adoption au caractère
  passionné et au tempérament vif ;
- une « mot-dite » Française, citoyenne du monde,
  amoureuse du lac Kawagama ;
- un jeune étudiant qui fait du théâtre
  et de l'humour noir ;
- un poète à tête blanche qui a
  l'apparence du sage qu'il est peut-être ;
- un flic rock'n'roll
  qui se redécouvre dans l'écriture ;
- un jeune musicien qui tire
  ses histoires de l'enfer.

Et l'hôtesse a invité le poète à prendre la parole.
Lorsqu'il s'est tu, chacun mourait d'envie de poursuivre.
Il a donc été convenu :
- de se réunir les nuits de pleine lune ;
- d'exploiter cinq thèmes ;

- de prendre la parole à tour de rôle pour dévoiler son imaginaire aux autres ;
- d'écrire les mots à dire sous forme de nouvelle, de conte ou de légende ;
- d'avoir l'Abitibi en plume.

Nos rencontres devinrent des «cinq à sept» nocturnes et les mots écrits, des mots dits. Ainsi fut formé le Club des mots dits.

ANNE-MICHÈLE LÉVESQUE

Au bord d'un banc du bar du bar *Barrab*

Daniel Saint-Germain

1er prix du concours littéraire
d'Abitibi-Témiscamingue 1997

À genoux dans la neige, il tente encore une fois d'introduire la clé dans la serrure depuis si longtemps convoitée... et qui, de nouveau, comme toujours depuis qu'il y rêve, se dérobe.

Il a perdu son pantalon, descendu. Sa clé est là, il en est sûr, il le sait, il la sent, mais il a quand même la désagréable impression qu'elle a tout à coup disparu. La serrure sombre oscille et sa main tremblante tente de retenir le blanc chambranle qui branle. Que se passe-t-il ?

Il a froid, il a chaud. Mais la clé n'est plus là ! Elle qui était si présente tout à l'heure dans la chaleur du taxi.

Il pose la main sur la porte tendrement, mais la porte, tantôt chaude, est maintenant froide comme la neige sous ses genoux. Il a perdu sa clé, tout nu dans la neige, et la porte qui ne s'ouvre pas, et le chambranle qui branle et la serrure qui tout à coup a disparu, elle aussi, sans raison apparente.

Il est couché. Il ronfle. Il dort.

Ou il rêve?

Il est couché. Sur le plancher froid. Mais il ne le sait pas. Il entend tomber la pluie. Un tourbillon. Un déluge. Comme un torrent dans un gouffre. Comme un corps dans un puits. Il pense à la pluie dans un puits. Puis il sourit. Il entend un bruit de chasse d'eau, un bruit de porte. Un léger grincement. Puis un long craquement. Enfin, se dit-il. Mais la porte ne s'ouvre pas.

Une présence soudaine près de lui. Il sent du chaud. Près de lui. Sur lui. Sous lui. Il a froid aux genoux. La porte ne s'ouvre pas. Il n'a plus sa clé. Pourtant, tout à l'heure, dans la chaleur du taxi...

Pourtant, tout à l'heure, au 5 à 7. Vendredi. Après la semaine de travail. Après la prostitution. Quand tout est beau. Quand tout est facile. Quand toutes les portes sont offertes. Quand toutes les clés sont disponibles. Toutes les portes disponibles. Toutes les clés offertes. Au vu et au su de tous. De toutes les portes et de toutes les clés.

Mais, ce soir, après le 5 à 7, ni porte ni clé ne sont offertes ni disponibles. Et les genoux sont froids, et la serrure tremble et la porte chaude s'envole après s'être dérobée.

Les mains se glacent. Et la clé est si petite. Ou perdue. Et la serrure sombre n'oscille plus. La serrure sombre sombre. Et il fait si chaud. Et l'eau qui coule. Un tourbillon. Un déluge. Comme dans un gouffre. Comme dans un puits. Et le plancher qui vient de craquer. Et cette chaleur maintenant sur et sous son corps. Et sa clé perdue. Et le froid sous ses genoux.

Les genoux dans la neige. La porte devant lui, qui bouge. La serrure dans l'œil. La clé qui n'est plus là.

Il faut faire un effort. Un petit effort. Pour réchauffer ses genoux, pour retrouver sa clé, pour empêcher la porte de bouger.

Pourtant, ce soir, au 5 à 7, au bar *Barrab*... Pourtant, ce soir, tout était possible. Au bar. Au bar du bar. Au bord d'un banc du bar du bar. Tout était possible. Entre les canapés et la Budweiser. Plaisir doublé. Début du week-end. Avec les amis. Les amies. Au bar *Barrab*, tenu par Ali le Marocain, où l'on va traîner son ennui. Où l'on se crée l'illusion du bonheur, du plaisir doublé, du double de rien. Entre les croustilles et la Budweiser. Mais, ce soir, tout était possible. Tout est possible.

Dans la mémoire qui vacille comme la porte blanche. Dans la mémoire qui cherche à retrouver. Par bribes. Par petits morceaux de passé récent. Dans la mémoire qui chancelle comme la porte blanche, comme la serrure sombre, comme la clé qui vient tout à coup de disparaître. Dans la mémoire qui cherche, il se souvient. En catimini. En sourdine. À pas feutrés. Ou rêve-t-il ?

Il est au bar ? Devant la porte blanche et la serrure sombre, les genoux dans le froid de la neige ? Dans son lit ? La mémoire vacille. Où rêve-t-il ?

La mémoire titube. Il est au bar. Au bar *Barrab*. Clé en poche. Clé au chaud. Bien assis devant ses croustilles et sa bière blonde, musique aux oreilles. Il est assis et il regarde. Il regarde et imagine. Imagine la porte et la serrure, et la clé bien au chaud dans sa poche. Imagine. Ose. Imagine oser ou ose imaginer. Imagine imaginer ou ose oser.

Va-et-vient autour de lui. Vont et viennent les habitués de la maison, les auteurs-compositeurs-interprètes, les peintres, les poètes, les sculpteurs, la musique, les conversations, les refontes du monde, les graves questions existentielles, les propos anodins, les banalités. Puis les Rimbaud, les Jim Morrison, les Carol King, les Pauline Julien, les belles grandes panthères noires, les granolas de l'époque du «*Peace and Love*».

La mémoire chancelle. Il est à genoux devant la porte. La porte blanche. À genoux dans la neige. La porte blanche se dérobe et la serrure sombre, en tremblant, le fixe de son gros œil sombre rempli de mystère. Dans ses oreilles, des parcelles de conversation. Ou d'aveux? Ou d'audace? A-t-il osé oser? A-t-il imaginé imaginer? Est-ce déjà la fin des vrais préludes? Ceux qui doivent conduire à l'extase, après tant de semaines de préparation, de stratégie et de plans d'attaque échafaudés sur le coin de la table de sa cuisine jaunie, entre le réfrigérateur geignard et la fenêtre sale qui donne sur la ruelle?

La mémoire vacille. Il sent du chaud. Il est à genoux. Tout nu. Et il a froid aux genoux. Pourtant, il est au chaud, il sent du chaud. Dans sa chambre. Près de sa cuisine jaunie où gisent, sur la table, quelques canettes, comme des quilles abattues par la boule de ses désillusions.

Mais la porte blanche s'est dérobée. Il en est sûr. Pourtant, il a vu tout à l'heure descendre le jeans bleu. La porte blanche était là, il la voyait, là, sous ses yeux. Mais la serrure sombre a disparu et il ne retrouve plus sa clé, perdue entre le bord du bar et une table du bar, entre une bouchée et une lampée, entre l'imagination et la pensée d'une première audace, clé pourtant bien au chaud dans la poche et qu'il tapote depuis qu'il sait qu'elle vient d'entrer dans le bar.

La mémoire titube. La mémoire chancelle. Puis la mémoire passe du vague au néant. Tout à coup, il ne se souvient plus. Ne se souviendra peut-être plus jamais.

Il ne se souviendra peut-être plus jamais qu'il est entré au bar *Barrab*, tenu par Ali le Marocain, après tant de semaines de fantasmes, tant de jours d'appréhension, tant de bières englouties en ce vendredi après-midi de novembre où il avait pris congé de son employeur.

Il ne se souviendra peut-être plus jamais de cette journée de novembre où tout était possible. De cette journée de novembre qui allait le libérer enfin de l'engourdissement de la platitude de sa vie. De cette journée de novembre qu'il avait entourée sur le calendrier multicolore du mur de sa cuisine jaunie. Il était entré au bar. Pour le 5 à 7. Pour le plaisir doublé. Pour les canapés et les croustilles. Pour le demi-prix, le deux pour un. Pour ne plus être seul. Pour elle. Pour cette femme à la peau blanche. Pour se prouver qu'il était encore capable. Capable de ne pas dépasser les bornes. Capable de plaire. Capable de charmer. Capable d'aller jusqu'au bout. Capable d'obtenir et de donner du plaisir autre que celui d'une futile conversation de coin de rue ou d'une banale blague au travail.

Il était entré au bar *Barrab* comme il le faisait deux fois la semaine, comme il entrait aussi régulièrement dans d'autres bars. Il s'était assis, silencieux comme d'habitude, avait jeté un regard dans la salle et sur le plat de croustilles, avait commandé une bière à moitié prix, deux bières pour le prix d'une, s'était installé. Et avait attendu. Attendu qu'elle arrive. Qu'elle vienne faire son petit tour, sa petite saucette, avant de s'en retourner aussi vivement qu'elle était arrivée. Attendu qu'elle vienne faire son petit tour avec son grand rire bleu, avec ses fesses presque serrées dans son petit jeans bleu pas tout à fait serré, avec ses belles fesses qu'il imaginait toujours à travers le tissu, posées délicatement sur le tabouret du bar et qu'il voyait presque déborder du banc, et qu'il zieutait et regardait et buvait et mangeait et croquait... et voyait encore et toujours, obsessivement.

Autour de lui, Pierre, Jean, Jacques, des amis, des connaissances. Autour de lui, le début de folie du vendredi soir, après une dure semaine de labeur. Autour de lui, derrière et devant, Adèle, Rolande, Denis, Daniel, Fritz et François perdus dans les discussions avec queue et tête ou sans queue ni tête qui commençaient à dégeler. Autour de lui, la bière, le cognac, les canapés et les croustilles, la fumée des cigarettes, le petit voyage des fumeurs de pot vers la porte près du bar, qui donnait sur la ruelle du bar, le cliquetis des verres et des bouteilles, le fond sonore qui enveloppe tout, Desjardins, Cabrel, Brassens, le mouvement, la vie, le bonheur, les conversations. Mais sans sel. Sans celle qui manquait, avec son grand rire bleu et son jeans bleu presque serré sur ses fesses blanches qui tout à l'heure, dans quelques instants, déborderaient du bord d'un banc du bar du bar *Barrab* pour tomber dans ses yeux qui verraient de nouveau le cœur inversé de la croupe bleu jeans, bleu ciel, bleu infini, bleu comme ses yeux bleus, «clairs yeux dont je bois les liqueurs», avait écrit le poète.

Il était entré au bar *Barrab* pour noyer sa solitude dans le rêve d'un jeans bleu, dans le mystère d'un cœur bleu inversé posé sur le bord d'un banc du bar.

Et il ne se voyait pas les genoux dans la neige, cherchant sa clé chaude au fond de sa poche, tenant la porte blanche à deux mains et essayant de deviner la serrure mystérieuse. Il ne se voyait pas au chaud, écoutant tomber la pluie dans un puits, devinant le bruit feutré d'une porte que l'on referme, perdu entre le rêve fou qu'il s'était créé depuis longtemps et la cruelle obsession nouvelle de la clé perdue.

Il était entré au bar *Barrab* pour s'évader, pour s'étourdir, pour retrouver cette atmosphère de rêve qui le faisait rêver avec beaucoup plus de rêves que tous les rêves qu'il imaginait sur l'inconfortable chaise de sa cuisine jaunie, devant ses grosses canettes de bière.

Il était entré au bar *Barrab* et se retrouvait maintenant au bord du bar, sans sel. Sans celle qui, chaque vendredi, le ramenait invariablement sur le chemin du Rêve.

Il était entré au bar *Barrab* comme on entre dans un labyrinthe, pauvre fils de Dédale.

Et depuis il avait tout oublié.

Et désormais il ne se souviendra peut-être plus jamais.

Il ne se souviendra peut-être plus jamais qu'il était entré au bar *Barrab* parce qu'il ne pensait qu'à elle parce qu'il était incapable de penser à quelqu'un d'autre qu'elle ou à autre chose qu'un cœur bleu inversé qui déborderait bientôt du bord d'un banc du bar du bar *Barrab*.

Il avait attendu. Attendu le Rêve ? Ou attendu la fin de la fosse de sa plate solitude, de sa fausse solitude ? Ou attendu ce qu'il n'osait attendre ? Ou attendu le moment qu'il attendait seulement ? Et pas autre chose ? Seulement ce moment. Uniquement l'instant où il verrait ce cœur inversé, là, sur le bord d'un banc du bar du bar *Barrab*. Sans vouloir aller plus loin, satisfait de l'instant présent qui ne menait pas plus loin que son rêve et qui lui donnait le même plaisir que celui qu'il s'inventait en rêvant sur la chaise inconfortable de sa cuisine jaunie, devant ses grosses canettes de bière.

Il avait attendu et voilà maintenant que son attente prenait fin tout à coup, sans qu'il s'en soit rendu compte.

Il l'avait aperçue soudain entre les vapeurs de la musique du bar et la valse bleutée du tabac consumé, entre le voyage des fumeurs de pot vers la porte près du bar qui donnait sur la ruelle du bar et lui, entre les éclats de voix et les pas perdus des clients qui erraient sans but lucratif entre les tables et le bord des bancs du bar du bar *Barrab*. La vue brouillée, la tête tordue, il avait cru l'apercevoir s'approchant du bar. Puis il ne l'avait plus vue, disparue dans ses limbes à lui.

Où était-elle soudain, celle qu'il attendait, celle qu'il avait vue soudain puis perdue soudain de vue ? Encore dans son imagination brouillée, dans ses idées tordues ? Entre lui et la porte qui donnait sur la ruelle ?

Alors qu'il était étendu sur son lit, des morceaux de ce vendredi de novembre lui revenaient à l'esprit. Était-ce hier qu'il était assis au fond d'un taxi, un cœur bleu inversé battant près de lui, une clé chaude au fond de sa poche ? Assis au fond d'un taxi, une présence chaude auprès de lui et prête à satisfaire tous ses désirs, toutes ses attentes, tous ses rêves ?

Le rêve de sa cuisine l'avait conduit au bar *Barrab* et le bar *Barrab* l'avait jeté dans un taxi qui le ramenait maintenant à sa cuisine jaunie. Comme tant de fois. Comme tous les vendredis. Comme depuis le début de sa vie. Comme depuis la première fois où il avait posé les yeux sur elle, elle qui n'existait peut-être même pas. Le cycle recommençait donc. Mais, cette fois-ci, il n'était pas seul. Il n'était plus seul. Il était avec elle ! Le cycle n'était donc plus immuable. Le cercle avait donc sa raison d'être. Le périple coutumier en valait donc la peine. Le geste millénaire de l'alchimiste n'était plus soudain fable. Enfin, il ravalait sa peine. Enfin, il verrait ce cœur inversé délivré de sa gangue bleue, dégainé, dégarni, dégagé, déganté. Il aurait dans quelques instants, sous ses mains et ses yeux, ce cœur inversé débarrassé de sa peau bleue qui ne déborderait plus jamais du bord d'un banc du bar du bar *Barrab* mais qui saurait ouvrir sa porte blanche et présenter sa serrure mystérieuse à la clé chaude qui reposait calmement au fond de sa poche.

Assis au fond d'un taxi, il essayait en vain de se remémorer les minutes précédentes.

Il se souvenait à peine de son départ du bar, de la porte verte de l'établissement, de l'enseigne qui grinçait au-dessus de sa tête, de la petite neige fine qui virevoltait dans la ruelle calme, du taxi qui s'était présenté, d'une présence près de lui, oubliant complètement la joie qui l'habitait et la fierté d'être en compagnie de celle qu'il convoitait depuis si longtemps.

Mais il ne se souviendra peut-être plus jamais de son approche, de sa conversation avec elle, de son invitation à venir finir la soirée dans sa cuisine jaunie. Il ne se souviendra peut-être plus jamais qu'elle était suspendue à ses lèvres, qu'elle écoutait avec admiration chacune de ses paroles, qu'elle buvait ses idées avec autant de délices qu'il en ressentait lui-même en portant son verre de bière à sa bouche avide toujours à vide. Non, il ne se souviendra peut-être plus jamais. Sauf. Sauf de quelques petites parcelles de mémoire qui, par intermittence, viendront un jour ou l'autre crever à la surface de sa conscience. Sauf des déchirures de mémoire qui, loin de le mettre sur une quelconque piste, l'embrouilleront davantage.

Avant de sombrer tout à fait, il ne se souviendra peut-être plus jamais de la porte devant laquelle il était penché, genoux dans la neige, la porte blanche qui refusait d'écarter ses deux battants. Ne se souviendra peut-être plus jamais de la mystérieuse serrure sombre qui se dérobait sans cesse. Ne se souviendra peut-être plus jamais de la clé chaude maintenant disparue.

Mais, avant de ne peut-être plus jamais se souvenir, il se souvient tout à coup. Avec une lucidité fulgurante.

Oui, il l'avait bien entraînée chez lui, cette trop jeune femme. Et pendant qu'il s'évertuait à tenter d'ouvrir la porte de son loyer, pestant contre la froidure de la nuit naissante et l'ampoule nue au-dessus de la porte et dont les filaments n'incandesçaient plus depuis tellement longtemps, il la sentait trépigner derrière lui. Et cela le réjouissait.

Pendant que la clé dérapait et mettait trop de temps à s'introduire dans le trou de la serrure, pendant qu'il commençait à sentir sous ses genoux la glace de la plate-forme de bois, il croyait l'entendre grommeler. Et cela le stimula.

Pendant ces longues secondes qui lui paraissaient aussi longues que des heures, pendant sa trop grande hâte qui le retardait, pendant cette soudaine maladresse qui l'exaspérait, il l'entendit jurer. Et cela l'incommoda quelque peu.

Pendant tout ce temps, il revoyait le cœur bleu inversé qui débordait du bord d'un banc du bar du bar *Barrab* et il imaginait oser, osait imaginer.

Pendant tout ce temps, les genoux dans la neige, le vent aux oreilles, il osa lui crier enfin la grossière métaphore que son esprit tourmenté venait de transposer, de projeter : le chambranle de ses hanches, la porte de ses fesses, la serrure de son sexe... et sa clé à lui, bien réchauffée au fond de sa poche, prête à donner l'assaut...

Le lendemain, il trouva un mot parmi les canettes qui jonchaient la table de sa cuisine jaunie : « J'aime ton imagination et tes audaces, mon vieux, mais, pour ouvrir une porte ou un cœur, il faut une clé. Tu as sûrement laissé la tienne au bord d'un banc du bar du bar *Barrab*. »

Enfer et contre tous

Anne-Michèle Lévesque

Louis Lamy se trouvait face à face avec la seule personne qui eût jamais trouvé grâce à ses yeux : lui-même ! Le miroir lui renvoyait l'image d'un jeune homme grand et blond, dont les prunelles bleu acier faisaient se pâmer les étudiantes du centre d'études supérieures Lucien-Cliche, où il enseignait la littérature. Aussi imbu de sa personne que de sa science, il regardait ces demoiselles de très haut. D'ailleurs, le poste qu'il occupait au cégep n'était pour lui qu'une étape sans importance dans sa poursuite de la renommée. Il était convaincu qu'il connaîtrait un jour la célébrité comme écrivain.

Tous ses loisirs étaient consacrés à la rédaction de son roman, une histoire policière. Le héros, un détective privé, lui ressemblait d'ailleurs, ce qui permettait à l'auteur qu'il était de mettre en valeur à la fois le flair du limier qu'il avait créé et sa propre supériorité.

Confiant en son talent, Louis avait déjà préparé l'illustration de la page couverture : une potence où se balançait une silhouette. Juste sous le gibet s'étalait le titre en lettres noires : *Enfer et contre tous*.

La scène qui lui plaisait le plus, cependant, n'existait encore que dans son imagination : on le proclamait lauréat du concours littéraire pendant qu'il s'avançait vers l'estrade principale du Salon du Livre. Il était convaincu d'y parvenir très facilement. Il raflerait certainement le premier prix puisqu'il était le meilleur ! C'était le plus important et le plus prestigieux concours littéraire auquel il eût jamais participé. Le début de la gloire...

En revenant du collège, ce jour-là, Louis grimpa l'escalier quatre à quatre, pressé de se remettre au travail. Il ne restait plus beaucoup de temps avant la date limite pour expédier son manuscrit au concours.

Le cœur battant, il entra dans l'appartement, jeta sa veste sur un fauteuil et se dirigea tout de suite vers la pièce qui lui servait à la fois de chambre à coucher et de salle de travail.

Il avait décidé que le criminel porterait le même nom qu'un de ses oncles, maintenant décédé, qu'il avait toujours détesté : Victor Saint-Roch. De son personnage, il avait fait un homme d'une méchanceté rare, sans aucune indulgence pour son entourage, tout comme l'avait été l'oncle de son vivant, estimait-il. Déjà, la trame était bâtie. Il tenait le filon !

Sur son bureau, plusieurs feuilles manuscrites étaient déposées à plat, témoins de son acharnement. La suite, maintenant ! Il prit un stylo à pointe fine et se mit au travail.

Dès sa sortie de prison, Victor Saint-Roch, criminel notoire, se rendit...

Pendant de longues heures, Louis rédigea sans effort, comme si l'histoire s'écrivait toute seule. Les répliques fusaient, cinglantes ou attendrissantes, les descriptions étaient magnifiques.

Au milieu de la nuit, le jeune homme se sentit fatigué. En veine, toutefois, il ne désirait nullement prendre du repos. Les génies ne dorment pas, c'est bien connu!

Il passa son texte en revue.

« Hum... J'en suis à cinquante feuillets... Pas mal, mon Louis!... C'est drôle, ça ne tourne pas du tout comme j'avais prévu...»

Il bâilla, s'étira et décida qu'il lui fallait s'incliner devant la fatigue. Inspiration ou non, la proverbiale crampe de l'écrivain se faisait sentir et sa main droite refusait d'obéir à son commandement. Sans même prendre le temps d'enlever ses vêtements, il se jeta sur son lit et s'endormit d'un sommeil profond.

Une aube grise filtrait à travers les rideaux quand Louis s'éveilla en sursaut avec le sentiment de ne pas être seul. Ses yeux firent le tour de la chambre et il aperçut un personnage filiforme dans la semi-pénombre. La forme diaphane, masculine pour autant qu'il pût en juger, se penchait sur le bureau et compulsait les feuilles manuscrites.

Croyant rêver, Louis s'entendit demander :

— Qui êtes-vous ?

La forme bougea légèrement. Louis put distinguer une substance transparente avec de longs bras et les traits flous d'un visage. De la fumée sortait de la mince fente phosphorescente qui servait de bouche.

— Je suis Victor Saint-Roch, ton oncle.

Louis crut qu'il était devenu fou. Cette voix désincarnée, cette forme vague, son oncle ?

Il n'avait jamais cru aux fantômes et avait toujours proclamé bien haut son incrédulité. Mais, malgré lui, son estomac se contracta. Un filet glacé coula le long de son dos et il rabattit les couvertures par-dessus sa tête comme pour faire disparaître l'horrible vision.

Après un moment, peureusement, il osa jeter un autre regard. Le fantôme était toujours là. Louis inspira profondément dans l'espoir de raffermir sa voix :

— Tu ne peux pas être mon oncle. Victor est mort. Il existe seulement dans mon roman.

— Non, mon neveu. J'existe encore et tu vas le voir, pas plus tard que maintenant. Viens ici.

Louis frissonna. Sur la table de nuit, inexorables, les aiguilles du réveil indiquaient que l'heure était venue de se lever. D'un bond, il sauta du lit et faillit s'étaler par terre tant ses jambes étaient flageolantes. La tête tournée vers la droite pour ne pas voir son bureau, il franchit la courte distance qui le séparait de la salle de bains. Haletant, il s'appuya sur le battant de la porte verrouillée, le cœur battant la chamade, l'estomac barbouillé. Ouf ! il l'avait échappé belle !

L'eau chaude le revigora. Quand il sortit de la douche, Louis était convaincu d'avoir rêvé. Le soleil avait fait disparaître la brume et le fantôme. D'excellente humeur malgré sa nuit écourtée, il se rendit au collège d'un pas alerte.

Ce jour-là, sa prestation fut éblouissante. Il cita de mémoire plusieurs grands poètes, haussant la voix ou prenant des intonations tendres. Les étudiants n'en revenaient pas.

Bien qu'il s'en défendît, il aimait les épater. Aussi, quand on lui demanda : « Récitez-nous quelque chose de vous, monsieur », il fit semblant de réfléchir. Jamais il n'avait écrit de poésie. Il prit cependant un air inspiré et se lança :

Le rideau de ma voisine
Se soulève lentement,
Elle va, je l'imagine,
Prendre l'air un moment.

On entrouvre la fenêtre :
Je sens mon cœur palpiter.
Elle veut savoir peut-être
Si je suis à guetter.

Mais hélas ! ce n'est qu'un rêve ;
Ma voisine aime un lourdaud,
Et c'est le vent qui soulève
Le coin de son rideau.

– Que c'est joli ! C'est de vous, monsieur ?

Le désir de briller l'emporta sur l'honnêteté et il affirma, sans hésitation :

– Mais oui. Au diable Alfred de Musset !

– C'est magnifique ! J'espère pouvoir un jour écrire aussi bien que vous.

En entendant la remarque naïve de son élève, il se rengorgea. Elle était sympathique, cette petite Odette avec ses beaux yeux violets. Et avec des doigts fuselés aux longs ongles écarlates, comme il les aimait. Peut-être lui ferait-il l'honneur de la laisser taper son roman. Justement, il n'avait encore trouvé personne pour exécuter cette tâche. Il y songerait. Prenant son porte-documents, il se prépara à sortir en répondant avec suffisance :

– Il faut beaucoup de temps avant d'arriver à bien maîtriser l'écriture. Si vous continuez à travailler autant que je le fais, sans doute y parviendrez-vous, Odette. Il est vrai qu'on m'a toujours reconnu un certain talent...

Son ton laissait entendre que, quant à lui, aucune élève ne pourrait jamais l'égaler.

Il quitta le collège rapidement. Finie la journée d'enseignement ! Le roman, maintenant : il n'y avait que ça qui comptait. En arrivant, il jeta sa veste sur le sofa et s'empara de son manuscrit sans même prendre le temps de manger.

«Voyons, où en étais-je, déjà?»

Il se relut soigneusement pour se remettre dans le contexte avant de continuer. Les belles phrases se suivaient, toutes intéressantes, écrites avec maestria. Aucun doute, son manuscrit avait l'étoffe d'un chef-d'œuvre! Soudain, il sursauta. À la suite des pages qu'il avait écrites la veille, d'autres mots couraient sur plusieurs feuillets. «Ce n'est pas mon écriture, ça! Qu'est-ce que c'est que cette histoire?»

Était-il devenu somnambule? Il s'était relevé pour écrire, sans doute. Oui, c'était sûrement là l'explication.

Derrière son épaule gauche, une voix chuintante susurra:

— Je vais te dire un secret. C'est moi qui ai écrit ces pages!

L'affirmation spectrale le fit sursauter. Décidément, le surmenage ne lui valait rien! Voilà maintenant qu'il entendait des voix même quand il était éveillé.

— Billevesées!

C'était là un terme que Louis affectionnait et dont il faisait un usage abusif. La plupart du temps, son interlocuteur, impressionné, n'osait pas demander ce que le mot signifiait, quitte à se jeter sur un dictionnaire par la suite. Mais le fantôme ne parut nullement sensible à cet étalage de savoir.

— Ah oui? Eh bien, continue à écrire, mon neveu. On verra bien si tu arriveras à te passer de mon aide.

Par défi, Louis fit une boule des nouveaux feuillets et d'un geste rageur la lança dans la corbeille. Un nouveau chuintement et l'ombre se fondit dans l'espace. Déterminé à faire fi d'une hallucination probablement causée par son génie, Louis prit son stylo et tenta de se mettre au travail. Les yeux fixés sur le papier vierge, il ne trouvait rien. Quoi? Serait-il victime de ce fameux syndrome de la feuille blanche qu'on disait commun à tous les écrivains ? Impossible ! Il était au-dessus de ces contingences :

Victor Saint-Roch pointa son arme sur le jeune garçon...

Non ! Ça, il l'avait déjà écrit la veille. La voix de son oncle retentit :
– Ça t'apprendra à plagier !
– Ah non ! Non et non ! Ça ne va pas recommencer ! Il ne ferait rien de bon maintenant, il en était sûr. Il lui fallait se détendre. Il prit sa veste et sortit marcher dans le parc afin de retrouver l'inspiration. Mais la muse refusa de le visiter. Le mieux était d'aller dormir.

À peine avait-il fermé les yeux que le fantôme se fit entendre.
– Je vais te dire encore un secret : sans moi, tu n'arriveras à rien.
Louis n'avait plus peur. Il savait maintenant que les visites de cet oncle étaient irréelles. « Après tout, je suis écrivain. Quoi de plus normal que d'avoir de l'imagination... ? » Aussi répondit-il, désinvolte :
– Fiche-moi la paix avec tes secrets !
Dans les nuits qui suivirent, le fantôme de l'oncle se manifesta régulièrement. Il apparaissait, se tenant silencieusement au-dessus du lit, sorti de la commode ou du placard. Ses nuits devenues cauchemars, Louis se levait péniblement, se rendait au collège avec les yeux cernés, le teint blême. Il en était venu à voir Victor partout, soupçonnant sa présence dans les couloirs du collège, entrevoyant une silhouette évanescente dans sa case.
La date d'échéance du concours approchait et il était incapable d'écrire une ligne qui fût cohérente. Il se remit à plagier, par écrit cette fois. Grand amateur de

romans, il copia sans vergogne des passages ici et là, en prenant soin de changer un mot ou d'inverser une phrase.

– Tu ne devrais pas.

– Ah! toi, le fantôme, ça va! Je t'ai déjà dit de me laisser tranquille.

Mais le spectre était devenu un compagnon incontournable. Quand Louis feuilletait un livre pour y trouver des idées, il sentait une présence au-dessus de son épaule. Bien qu'il se défendît de croire aux revenants, il avait maigri depuis la première visite fantomatique. Las à mourir, il finit par demander :

– Qu'est-ce que tu veux, au juste?

– Que tu cesses de tricher. Tu t'es servi de mon nom sans me demander la permission. Alors, au moins, laisse-moi décider moi-même de ce qui m'arrive dans ton roman.

Malgré sa très grande fatigue, Louis eut une velléité de révolte.

« Que le diable l'emporte, celui-là! C'est moi, l'écrivain. Je continue comme je veux. Je nommerai mon personnage autrement... »

Il n'eut pas le loisir d'aller plus loin dans sa réflexion car la voix précisait, sarcastique :

– Ça fait longtemps que le diable m'a emporté, comme tu penses. Mais attention, Louis : moi, tu ne pourras pas me remplacer comme tu l'as fait l'autre jour avec M. de Musset. Tu ferais bien mieux de m'écouter ; tu vois bien que tu n'arrives à rien tout seul.

Éberlué, Louis ne trouvait plus rien à dire. Qui était donc cet être qui avait le pouvoir de le tourmenter? Il tourna la tête d'un côté et de l'autre, sans distinguer la forme de celui qui se prétendait son oncle.

– D'accord, je t'écoute. Qu'est-ce que tu as tant à me dire?

– Mets tous ces livres de côté. Tu veux écrire mon histoire? Alors, écris la vraie histoire. Celle de l'homme que j'ai été. Je vais t'aider.

– Pas question. J'écris ce que je veux, un point c'est tout.

Louis tenta de reprendre la trame là où il l'avait laissée la veille. Peine perdue, rien ne venait. Il était tellement fatigué... Trois heures plus tard, il n'avait pas écrit une seule ligne.

«Jamais je n'arriverai à terminer à temps pour le concours. Qu'est-ce que je vais devenir, moi, si je ne peux plus écrire?»

Il prit trois romans de Frédéric Dard, s'appliqua à trouver des phrases, des paragraphes, des situations qu'il aurait pu reproduire. Rien. Aucun mot ne convenait, le style du célèbre auteur ne se rapprochait pas du sien. Il s'entêta. Il n'allait tout de même pas céder la place à un fantôme!

Pendant les jours suivants, chaque fois qu'il avait un moment à lui, il s'installait à sa table de travail. Rien ne venait et il dut se rendre à l'évidence: il lui fallait accepter la proposition de son oncle. Il l'appela:

– Tu as gagné. Je te cède la place.

Il n'obtint pas de réponse, mais vit une silhouette phosphorescente qui se profilait au plafond. Il insista:

«T'entends, Victor? Je reconnais avoir besoin de ton aide.»

Louis fit de fréquentes tentatives pour rallier son oncle à sa cause. Victor semblait être partout à la fois, mais demeurait insaisissable. Suivant ou précédant Louis dans ses déplacements, la silhouette se promenait de la table de travail à la cuisine. Chaque fois que le jeune homme tendait les doigts pour le saisir, Victor se dérobait. Désespéré, l'écrivain opta pour la reddition complète.

– Ça va, je vais écrire ton histoire.

Immédiatement, il se sentit envahi par une inspiration fulgurante. Rapidement, il prit son stylo et se mit à écrire d'un jet, sans avoir besoin de s'arrêter. Sa main volait sur le papier, les mots s'alignaient en belles lettres cursives, sans qu'il ressente la moindre fatigue. Alors, il décida qu'il était temps d'aller plus avant dans l'intrigue. Son héros arrêterait le criminel le jour même où ce dernier se marierait.

Dès qu'il eut écrit le mot « mariage », les feuillets s'envolèrent, comme soulevés par un souffle et s'éparpillèrent sur le plancher.

« Qu'est-ce qu'il y a, encore ? Je commence à en avoir assez, moi... »

Il en fut ainsi chaque fois que Louis tentait d'introduire un élément nouveau ou de changer la trame existante. Force lui fut de constater que c'était Victor Saint-Roch qui écrivait, que c'était Victor Saint-Roch qui décidait. Lui n'était plus que l'intermédiaire.

Malgré tout, le roman allait bon train ; à regret, Louis dut admettre qu'il était beaucoup mieux écrit par son oncle que par lui. Il se résigna assez facilement à laisser sa main courir sur le papier ; après tout, ce serait tout de même à lui que reviendrait le mérite de l'œuvre.

Vint enfin le jour où il put écrire le mot « FIN ». Compulsant fébrilement les nombreux feuillets, Louis relisait une phrase ici et là. C'était un roman magnifique qui deviendrait très certainement un best-seller.

Le lendemain, il confiait le manuscrit à Odette, qui le reçut comme une relique et promit de taper le tout soigneusement. Quelques jours plus tard, sa jeune élève lui remettait les pages avec ce commentaire :

– C'est un chef-d'œuvre, monsieur.

– Je sais, répondit-il, désinvolte.

Il ajouta pourtant quelques remerciements et prit les feuilles, qu'il plaça dans son porte-documents. Ce ne fut que dans son appartement, derrière une porte close, qu'il donna libre cours à son exaltation. Surexcité, il voulut relire une dernière fois le manuscrit avant de le poster. Mais les mots se brouillaient sous ses yeux. D'une main fébrile, mal assurée, il signa la lettre de présentation et l'inséra dans une enveloppe qu'il scella. Il ne restait plus que vingt-quatre heures avant que le délai ne soit écoulé.

Le Salon du Livre ouvrit ses portes deux mois plus tard. De nombreux exposants, éditeurs et distributeurs, présentaient leurs dernières parutions. En passant devant un stand, Louis jeta un regard condescendant sur les écrivains assis derrière la table où les livres étaient étalés. « Dès que j'aurai été proclamé gagnant, c'est ici que je viendrai porter mon manuscrit. Et puis non ! Après tout, je vais attendre qu'on vienne me solliciter… »

Tous les participants au concours littéraire avaient été invités à se présenter pour la remise du prix. Nerveux, Louis se rendit à la salle indiquée sur le carton d'invitation.

Debout sur l'estrade, le président du jury s'adressa aux invités :

– Le grand gagnant du prix littéraire cette année est un nouveau venu dans le monde de la littérature. Le texte gagnant est intitulé : *Enfer et contre tous…*

Louis eut un sourire vainqueur. Resplendissant, il s'avança, la tête haute, sous les applaudissements. Une main lui tendit le manuscrit, dont il reconnut tout de suite l'illustration de la page couverture. Il fut le seul à entendre le rire sardonique de son oncle tandis que l'animateur continuait :

– Je vous présente le lauréat : M. Victor Saint-Roch !

Compulsions

France Bastien

La porte du 6120 de l'avenue Abitibi claque sec derrière elle. Sylvie enfonce sa casquette et plonge les mains dans ses poches. D'un pas vif et décidé, elle prend la direction du centre-ville. La marche santé est une de ses activités favorites. Quelle que soit la température. Ce soir, une légère bruine rend l'air vivifiant. Son rendez-vous est fixé à 19 heures. L'humeur au beau fixe, elle pense avoir finalement pris une bonne décision : « Après deux mois de vaines tentatives en appels téléphoniques et en entrevues, c'est pas trop tôt ! Le docteur Chiasson va enfin me recevoir... Ça va fermer le clapet à Renato qui n'arrête pas de me harceler pour que je rencontre un psy. Des problèmes ? Qui a des problèmes ? Mais je n'ai pas de problèmes, moi ! Je vais très bien, moi ! Je me porte à merveille, moi ! Hum... Au fond, il a peut-être raison... »

Quelques gouttes de pluie tonifient son visage. Elle aime. Elle accélère le pas jusqu'au 444 de la 3ᵉ Avenue, édifice à bureaux où elle doit rencontrer le spécialiste de la santé mentale. Sylvie continue à réfléchir :

« Deux réussites pour le prix d'une, ce n'est pas rien : je lui ai présenté ma copine et il m'accepte comme cliente. Un Adonis de service est indispensable pour qui ne veut pas d'attaches, déteste les enfants et suit un plan de carrière qui exige temps et énergie… Emma a trouvé un homme à sa pointure et moi un psy. Quel bon coup!»

Éminent psychanalyste de Montréal, Louis-Philippe Chiasson passe deux jours par semaine à Val-d'Or. Le mardi, il s'occupe des cas sérieux sous hospitalisation et, le mercredi, il suit quelques clients méticuleusement choisis pour sa pratique privée. Âgé de quarante-huit ans, il mène sa carrière tambour battant, partagé entre les consultations, quelques apparitions à la télé, l'écriture de son troisième ouvrage de psychanalyse, sa petite famille et maintenant Emma.

Après réflexion, Louis-Philippe trouve en Sylvie un intéressant défi à relever. Les arguments de la jeune femme ont fini par le convaincre de l'accepter dans le cercle fermé de ses patients.

À 18 h 45 pile, Sylvie parvient au troisième étage de l'édifice. Elle doit arriver à tous ses rendez-vous quinze minutes à l'avance, sinon elle se sent en retard. Très mal à l'aise. Manquer de discipline est tout à fait inadmissible pour cette jeune femme aux exigences compliquées. Elle pénètre à pas feutrés dans la salle d'attente. Personne. Elle enlève sa casquette et secoue énergiquement son manteau. Elle les accroche minutieusement à la patère, sort un mouchoir de papier de son sac en bandoulière et entreprend d'essuyer systématiquement les gouttelettes de pluie sur son vêtement. Elle replace celui-ci à cinq reprises avant d'être satisfaite du résultat. Elle choisit une chaise près d'une table basse où s'accumulent quelques revues à côté d'un cendrier. Elle est vêtue simplement. Leggins noires et tricot vert olive. Pourtant, elle a du chien. Elle s'assoit, droite comme un *i*, et parcourt la pièce des yeux. Elle sursaute : la porte du bureau de consultation est entrouverte. Elle enrage : ce détail lui a échappé. Trop occupée à placer ses affaires. Elle voit le docteur assis devant une table placée contre le mur. Lui, par contre, n'a pas manqué son arrivée. « Tiens ! Mon docteur, l'amant d'Emma, le psy de ses fesses... » Verres correcteurs à la Mulroney, il lève les yeux de ses dossiers et lui fait un signe de tête. Louis-Philippe jauge sa cliente. Vraiment l'apparence d'une jeune adolescente. Environ un mètre soixante-cinq, quarante kilos, pas de seins, pas de hanches, pas d'épaules. Un fil. De profil, la silhouette disparaît tant elle est maigre. D'une maigreur anorexique. Elle a les cheveux rouge vif. Presque rasés. Il s'étire le cou pour mieux observer le phénomène. Il la fera patienter une dizaine de minutes. Il n'est pas encore 19 h.

Sylvie serre les mâchoires. Elle comprend qu'il ne la recevra pas tout de suite. « J'haïs ça, que j'haïs donc ça qu'on me fasse niaiser. » Elle sort de son sac une revue littéraire qu'elle feuillette distraitement. Une nouvelle humoristique retient alors son attention. Après quelques minutes, elle sourit. Surtout, pas de fou rire ici. Pas chic, de s'esclaffer. Traduit un manque de contrôle. Sylvie a une maîtrise parfaite d'elle-même. En tout temps et en toutes circonstances. Elle retient un pipi pressant, puis, après avoir encore vérifié l'heure, elle sort précipitamment à la recherche des toilettes.

Louis-Philippe a suivi le manège de sa cliente. Il a déjà accumulé beaucoup d'impressions personnelles sur la jeune femme. Il est prêt à la recevoir. Dès son retour, il se lève et la fait passer dans son bureau.

– Asseyez-vous là, dit-il en lui désignant une chaise.

Pendant qu'elle s'installe, il reprend sa place, croise les bras sur sa poitrine et baisse le nez sur ses papiers. Toujours assise aussi droite, comme si elle avait un manche à balai coincé dans le dos, les genoux collés, les mains posées à plat sur les cuisses, elle observe tout ce qu'il y a sur la table.

– Pourquoi le magnéto ?

– Pour une deuxième écoute, à tête reposée. Comme le font tous les professionnels.

« Moi, je pense qu'il se protège. Tant de psy se font accuser de coucher avec leurs clientes… »

Louis-Philippe ne parle pas. Une tombe. Sylvie en profite pour inspecter les lieux d'une façon plus détaillée. À côté du magnéto, un téléphone, une montre Rolex, une liasse de papiers, une plume Parker, des tas de crayons à mine tous finement taillés et trois livres. Tout est placé dans un ordre méticuleux. Du coup, il lui est sympathique. Une fenêtre située derrière lui donne sur la 3e Avenue. Quelques diplômes accrochés au mur. Une toile qu'elle reconnaît : *Mon cœur balance*, signée Michèle Macmillan. Son attention revient au psy, qui se tait toujours. « Qu'est-ce qu'il attend ? Ça va être gai ! » pense-t-elle avant de lancer :

– Ma copine Emma est super, non ?

– Oui.

– Vous pensez vraiment pouvoir m'aider ?

– Naturellement.

– Je suis un cas.

– Ah ?

– Par où je commence ?

– Détendez-vous, je vous écoute. Vous avez une heure.

« Ouais. Pas trop bavard, le Chiasson. Drôle de type : environ un mètre quatre-vingts, très, très mince. Il doit se tenir en forme. Front haut et large. Grande intelligence. Oui, il paraît bien. Un peu spécial mais il a du charme. Ce n'est pas la beauté qui compte, c'est le charme. Pas étonnant qu'il soit armé d'un magnéto ! Une caméra vidéo dissimulée quelque part, peut-être ? » Elle scrute le plafond et les murs. «S'il continue à m'ignorer comme ça, je crie. Je ne suis pas venue causer avec un poster mais avec un psy…»

Sylvie décide de lui raconter en détail quelques scènes choisies qui le plongeront au cœur du problème. Sera-t-il scandalisé? Il en a sûrement entendu d'autres. Il a l'air de connaître le tabac. Ça se sent, ces choses-là. En trente secondes, elle résume dans sa tête ce qu'elle pense lui confier, bien qu'elle soit encore un peu hésitante à se livrer. Elle se trouve normale. Son fonctionnement particulier est essentiel à son équilibre intérieur. Mais, à toujours vivre sur la corde raide, elle commence à craindre que la chance ne s'envole. «Maudit que la vie va être plate si je guéris!» Puis une pensée pour son époux, Renato. La tension monte entre eux, même s'ils partagent encore plein de choses. Elle se dit que si Chiasson arrive à l'aider, c'est qu'il est un fameux psy. Digne de sa réputation. Elle regarde sa montre. Déjà dix minutes d'écoulées et rien n'a été dit. «Au prix qu'il demande, je ferais mieux de me décider à parler! Pourquoi est-ce que je suis aussi stressée?» Les mains moites de sueur, elle s'essuie sur ses leggins. La bouche sèche, elle prend un chewing-gum dans son sac.

– Vous en voulez?

– Non, merci.

– Quand j'avais quatorze ans…

Louis-Philippe met le magnéto en marche. Il penche la tête et porte la main gauche à son front, devant les yeux. Comme un prêtre au confessionnal.

«Ça va être un beau monologue! Le poster ne me regarde même pas.»

– Un jour, quand j'avais quatorze ans, je flânais dans les magasins avec ma copine, la cousine de mon futur époux. Arrivées au rayon des disques, chez Kresge, on cache vite deux quarante-cinq tours des Beatles dans nos sacs, puis on fait semblant de chercher un disque. J'ai les tripes en marmelade, la gorge nouée, le cœur en cavale, l'adrénaline à haut régime, bref, je suis nerveuse comme une puce. Tout à fait délirant. Puis je pense qu'on nous a vues. Non. Tout va bien. Après encore quelques minutes de furetage dans les allées, mon cœur joue une lambada dans ma cage thoracique. Il me semble que j'ai la culpabilité étampée dans la face. On va réussir notre premier vol à l'étalage. Il faut sortir : l'excitation monte d'un cran. On passe bravement les tourniquets quand une maudite grosse matrone nous accroche par la manche. Dans les années soixante, la répression du vol à l'étalage était moins drastique qu'aujourd'hui. On en a été quittes, Emmanuella et moi, pour un appel téléphonique à nos parents, la honte ! et un sermon d'une bonne demi-heure. Je me suis juré que jamais plus je ne me ferais prendre aussi bêtement. Et en vingt ans d'activités passionnantes je n'ai plus jamais été prise en flagrant délit.

Elle attend une réaction de Louis-Philippe. Rien.

– Oh ! Pas que nous soyons pauvres, mon mari et moi, bien au contraire ! La fortune de mon beau-père se chiffre dans les six zéros. On attend patiemment l'héritage mais il a une santé de fer, le vieux torrieux. Mon mari n'a pas de fortune personnelle. Il travaille à la quincaillerie du papa et il arrondit les fins de mois avec le tiroir-caisse. Quelquefois, c'est M. Tiséo lui-même qui, bien gentiment, nous donne plein de choses utiles pour la maison. Et moi je vide les poches de Renato, et, comme la *mamma* dit toujours : « Voler son mari, ce n'est pas voler. » Ça fait que…

« Quelle assurance ! pense Louis-Philippe. Il faut surveiller cette cliente. Elle pourrait partir avec mon magnéto sous le bras, ou, pire, avec ma belle Rolex toute neuve. Hum… 19 h 20. »

Il songe au rendez-vous qu'il a donné à Emma :
20 h 30 à *L'Amadeus*. Bonne bouffe, bon vin, la nuit qui
suivra et tout et tout...
    – L'autre jour...
    Elle raconte son dernier voyage au condo des
beaux-parents, à Fort Lauderdale. Ils s'y rendent en
avion et doivent revenir par la route. Le papa veut sa
Porsche à Val-d'Or pour la belle saison. Ils adorent
rendre ce genre de petit service au papa et à la *mamma*.
Après cinq jours de vacances, ils quittent les plages
ensoleillées de la Floride. Ils font une première escale à
Washington, puis une deuxième à New York, où ils
s'accordent deux jours de shopping. Ils aiment jouer aux
vedettes. Porsche aidant, ils choisissent une chambre au
quinzième étage de l'hôtel St. Moritz, entre la 5e et la
6e Avenue, face à Central Park. À l'hôtel, Sylvie cueille la
descente de bain blanche marquée du nom *St. Moritz* en
lettres noires. « Superbe dans ma salle de bains. Très
chic. » À la salle à manger, elle prend un verre à vin tout
à fait irrésistible et une tasse *St. Moritz*, le tout enroulé
dans la serviette de table marquée du sigle du prestigieux
hôtel. Elle glisse discrètement les précieux objets dans
son sac. « Un petit souvenir ! »
    Ensuite, elle parle de sa collection de parfums et de
ses bijoux.
    – Écoutez bien celle-là. J'en jouis encore ! J'entre
dans une bijouterie à Montréal. Bien oui, à Montréal. J'ai
une sœur qui habite Longueuil, l'autre habite Laval, et
les Tiséo sont à Saint-Léonard. Ça fait que... j'y vais régulièrement. Toujours est-il que j'entre dans une petite
boutique de la rue Drummond. Dans l'ouest de la ville.
Dans ces cas-là, je m'habille toujours très mode. Je porte
un tricot de coton blanc Coco Chanel sur un pantalon de
lin noir. Les cheveux à la Axel Red me donnent un chic
absolu, vous ne trouvez pas ?

– Naturellement.

– Sac à main et souliers Gucci, je suis à mon meilleur. Tête haute, maintien aristocratique, bague platine au doigt, ma bague de fiançailles, je fais tourner les têtes. J'ai raté ma vocation. J'aurais dû être comédienne. Bref, rien ne peut laisser supposer l'arnaque. Je m'attarde un peu devant les différents présentoirs quand un commis arrive au pas de course. Je veux voir les montres.

« Elle pense à ma Rolex, la petite maudite », panique Louis-Philippe.

– Ce qu'ils ont de plus cher, naturellement. Et le brave monsieur, excité par la commission qui suivra inévitablement la vente, commence à étaler devant moi ce qu'il a de mieux. Je me fais hésitante. Je tripatouille les montres, les regarde, les essaie. Il en sort d'autres. Puis c'est le tour des bagues. Généralement, pas toujours mais la plupart du temps, les commis laissent les objets épars sur le comptoir pour me laisser le temps de fixer mon choix. Puis, mine de rien, hop! je glisse ce qui m'intéresse dans mon sac. Ni vu ni connu. À ce stade de l'opération, il y a tellement de choses éparpillées sur le comptoir que le vendeur ne se rend compte de rien. Ils dorment, que voulez-vous! Puis je demande si la maison fait des mises de côté. Naturellement qu'ils en font. Et je parle et je parle et je placote et j'hésite encore. Finalement, j'explique que je reviendrai plus tard avec mon époux. Puis il faut que je parte. Alors là, pas le moment de poser des questions. Je file dignement.

Louis-Philippe n'a toujours pas changé de position. Elle pense qu'il s'est peut-être momifié. Ou qu'il a pris racine. Sait-on jamais?

– Pour tout vous dire, mon Renato n'est pas blanc comme neige, lui non plus. Premièrement, il a les cheveux rouge carotte et il a plein de taches de son partout, partout, partout. Trois ans après le mariage, on habitait une jolie maison rue Curé-Roy. On manquait de liquidités. Ça peut arriver à un jeune couple, non? Devant un bon cappuccino, on monte notre plan de bataille...

Avec une prudence de Sioux, ils simulent un vol à domicile. Serrure forcée et tout le reste. Dans leur déclaration aux policiers, ils en rajoutent un peu. La compagnie d'assurances exige des preuves d'achat, ce qui ne pose aucun problème. Ils connaissent des experts en faux dans la petite mafia de Saint-Léonard. Ils encaissent le chèque.

– C'est fou, ce qu'on peut « triper », tous les deux. Pour tout vous dire, l'aventure nous rapproche, mon mari et moi. Mieux qu'une thérapie de couple. Tiens! j'y pense : on devrait élaborer un autre projet similaire, tous les deux. Ouf! j'en ai des frissons!

Louis-Philippe lève la tête. Leurs regards se croisent.

– Oh! excusez-moi, dit Sylvie en se replaçant encore plus droite sur sa chaise, comme si un crochet fixé au sommet de son crâne la tirait vers le haut.

Il intervient :

– Écoutez, Sylvie : au lieu de me raconter chacune de vos arnaques, dites-moi comment vous vous sentez. Ici et maintenant.

Sylvie est prise de court. Elle pensait que ses exploits passionneraient Louis-Philippe. « Un iceberg, conclut-elle. Rien ne le touche. Comment fait Emma? Derrière la glace doit se cacher un chaud lapin! Il veut me suivre dans mes élucubrations mentales? Alors, tiens bien ta tuque, mon coco! »

– Vous ne pouvez pas imaginer. Tout cela est tellement excitant. Ce que je vis intérieurement? L'émotion qui m'habite devant l'objet convoité, le défi de déjouer les petits vendeurs à la con et les appareils sophistiqués des systèmes antivol et de sortir, la tête haute avec la petite culotte mouillée. Eh oui ! c'est ainsi que je vis les moments les plus exaltants de ma vie. Je pousse toujours plus loin l'audace. Vous savez, quand ça bouillonne en dedans, quand le cerveau dépasse les cent mille volts... Il doit exister quelques glandes mystérieuses qui libèrent des hormones et activent mon métabolisme. Une drogue, que je vous dis.

– Sylvie, tenez-vous vraiment à guérir ?

– Bien... c'est-à-dire que... j'étais décidée à changer avant de vous parler, mais là je dois avouer que de vous exposer mes exploits, ça me remue l'intérieur jusqu'au trognon. J'sais plus.

Un long silence s'installe entre eux. Le docteur veut en savoir plus afin d'établir les bases de la thérapie.

– Où en sont vos relations avec votre époux ?

Suivent quelques minutes de flottement. Louis-Philippe respecte sa patiente dans ses hésitations. Il se ferme de nouveau comme une huître. Mutisme absolu. Les temps de silence ne le gênent pas. Elle non plus. Il attend.

Sylvie pense à filtrer ses confidences. De fait, elle éprouve quelque scrupule à parler de son intimité. En cinq minutes, elle se voit comme dans un film en accéléré. Tout débute encore à l'âge de quatorze ans...

Elle attend ses premières menstrues avec beaucoup d'inquiétude. Menstrues qui n'arrivent pas. Accompagnée de sa mère, elle fait le tour des gynécologues pour passer une kyrielle de tests jusqu'à ce qu'un spécialiste conclue que tant qu'elle n'atteindra pas un poids normal, elle sera en aménorrhée. On la réprimande avec bienveillance d'une anorexie dont elle se défend bien de souffrir. Par la suite, et toute sa vie durant, elle mettra un soin maniaque à ne jamais atteindre le poids fatidique de quarante-cinq kilos. « Quarante-cinq kilos, c'est gros. Et des menstrues, c'est sale et puant et souffrant et dégueulasse.» Cette hantise ne la quitte pas. Les relations sexuelles? Avec son rouquin d'Italien chaud comme un étalon? Après les ébats amoureux, elle se cloître au moins trente minutes dans la salle de bains. Elle a une solution pour chaque type de relation : bidet, douche vaginale ou douche complète, poire pour s'injecter un litre d'eau tiède et salée dans l'anus – le sel, ça désinfecte –, pâte dentifrice et rince-bouche. Elle sort de là fraîche comme une fleur, embellie de fines gouttelettes de rosée comme une fleur un matin d'été. L'homme s'amuse de ses petites manies. Il les lui pardonne volontiers parce qu'elle cède à tous ses fantasmes. Quant à sa petite taille, ça l'excite. Il a toujours rêvé de faire l'amour avec une enfant de neuf ou dix ans. Sylvie n'est pas loin de ce profil. Mais, après dix ans de vie commune, Renato la presse de régler ses problèmes. Il en a foutrement marre de coucher avec une femme aseptisée. De plus, il essaie d'imaginer Sylvie avec dix kilos de plus. Oui. À cinquante-cinq kilos, elle serait parfaite. Mais avec sa maudite tête dure, elle refuse tout compromis.

Elle se souvient ensuite d'une discussion assez violente entre eux. Elle lui avait répliqué, colérique :

– En tout cas, si tu vas ailleurs, tu as intérêt à te protéger. Que je te voie apporter ici toutes sortes de saletés de maladies et je te quitte. Tiens! je suis même prête à t'acheter des condoms, au cas où... Une caisse, si tu veux. Tu sauras, Renato Tiséo, que je me fous pas mal de tout. Pourvu que tu nous protèges.

Pas plus inquiète que cela quant à l'avenir du couple, elle sait que la *mamma* veille au grain. Le divorce est inadmissible. Tout simplement irrecevable dans cette famille italienne aux traditions bien ancrées. Et catholique de surcroît. Si quelqu'un, dans la famille Tiséo, ose parler de divorce, les injures pleuvent et les menaces font grincer les dents. Jusqu'à la punition suprême: être déshérité. Deux mots magiques qui, prononcés par le papa, calment tout le monde et les font se jeter dans les bras les uns des autres en s'embrassant. Non, jamais. Jamais son époux ne la quittera. Et ses beaux-parents la trouvent charmante, *spic and span* qu'elle est sur sa personne et à la maison.

Puis elle reprend subitement conscience de la situation. Elle, face au psy. Plus que sept minutes à l'entrevue. Louis-Philippe a profité de ce moment pour griffonner quelques notes. Il a toujours la main gauche devant les yeux. Il décroise les jambes pour éviter l'ankylose. Il juge le cas important. Ce sera long, laborieux et... payant. Il prévoit un premier bloc de huit rencontres d'une heure par semaine. Question de débroussailler tout ça. Si elle le suit jusque-là, naturellement. Ensuite, il la laissera digérer et attendra qu'elle reprenne contact avec lui. Et son esprit s'envole encore vers Emma. La belle Emma, intelligente, pleine d'humour, fougueuse et sensuelle... Emma...

— En ce qui concerne mes relations avec l'époux, je préfère en parler une autre fois. Pas obligée de tout déballer la première fois, n'est-ce pas?

— Naturellement. Continuez.

— Continuer quoi?

— Dites-moi à quoi vous pensez en ce moment.

— Je pense qu'il reste à peine deux ou trois minutes à l'entrevue et que je suis complètement vannée.

— Bien. On se laisse là-dessus. Voulez-vous qu'on se revoie?

— Naturellement.

— Même heure, mercredi prochain?

— Ça me convient.

— Cette semaine, j'aimerais que vous prêtiez attention à vos rêves.

Il est debout, lui signifiant que la séance est terminée. Il est 20 heures pile. Elle se lève aussi.

– J'ai toujours tenu un journal de mes rêves. C'est un sujet qui me passionne.

– Vraiment ? s'étonne-t-il. Une sage habitude.

– Vous pensez ? Mon mari dit que je perds mon temps. Ça l'énerve.

– Bien. C'est cent dollars.

– Ah oui ! que je suis bête ! Excusez-moi, j'avais presque oublié le magnéto, la thérapie et tout le tralala.

Compréhensif, Louis-Philippe sourit, les deux yeux fixés sur sa Rolex et sur les différents objets qui s'offrent à la cleptomane d'expérience. Pas question que la petite lui joue un sale tour avant de sortir. Elle compte trois fois les billets et paie. À son tour, il compte trois fois, empoche l'argent et lui tend la main.

– À la semaine prochaine, Sylvie. N'oubliez pas : nous parlerons de vos rêves.

– Je n'oublie jamais rien. Je suis faite comme ça. Au revoir, docteur Chiasson.

Elle sort et il ferme doucement la porte. Il retourne à son bureau. 20 h 05. Emma... Il prend la cassette, l'identifie soigneusement et la glisse dans sa mallette noire en peau d'anguille. Ainsi que quelques dossiers. Il range sa Rolex dans la poche gauche de son pantalon. Il ne porte pas de bracelet-montre : son magnétisme en arrête le mouvement. Et il déteste les montres à chaînette. Ça lui rappelle son beau-père. Il aime tripoter sa montre comme d'autres font tinter leurs sous. Une petite manie qu'il se pardonne facilement. Il jette un dernier coup d'œil dans la pièce pour s'assurer que la petite n'a rien subtilisé. Non. Ça va. Il prend son imper, sa mallette, ses clés, et ferme le cabinet.

Assis dans sa voiture de location, il s'inquiète de nouveau. Il veut avoir l'esprit tranquille. Il remonte à son

cabinet au pas de course. Sylvie a-t-elle volé un cendrier ? une revue ? la patère peut-être ? Il allume et fait
deux fois le tour de son bureau et de la salle d'attente. Ne
trouvant rien d'anormal, il conclut que, généralement, on
se rend compte de la disparition d'un objet quand on en
a besoin. Il se promet de surveiller la chose de près. Sait-
on jamais ? Puis son cœur arrête de battre. Il plonge sa
main dans la poche gauche de son pantalon et soupire,
soulagé. La Rolex est là. Il hésite encore à partir. Son
rituel de sortie est-il bien fini ? A-t-il oublié quelque
chose ? Ses yeux font trois tours et il sourit, détendu.
Encore une dernière tension ? Non. Sa journée de travail
est bel et bien terminée. Il expire bruyamment, ferme les
locaux et part. À la porte de l'ascenseur, il pense aux
lumières : « Mais où ai-je la tête, ce soir, bon Dieu de bon
Dieu ? »

Il retourne à son bureau et éteint. « Maintenant, vite
à L'Amadeus. Je tiens à arriver avant Emma. J'espère
qu'on m'a réservé la bonne table, celle de la pièce du
fond, coin sud-est, sinon ça va barder. »

Emma arrive à 20 h 40. Il va à sa rencontre. Elle
s'excuse du léger retard. Un contretemps. Il lui fait la
bise et l'aide à enlever son manteau en lui frôlant les
épaules. Elle lui rend cette marque de tendresse en lui
caressant le dos jusqu'aux fesses qu'elle pétrit ferme-
ment. Remué d'un long frisson, il prend son parapluie
qu'il secoue énergiquement et installe le tout soigneusement au vestiaire.

Devant un Mouton Cadet, ils échangent un regard
langoureux. Les lèvres ourlées d'Emma lui rendent un
sourire envoûtant. Les coudes sur la table, elle appuie
son menton sur ses mains et lui dit combien il lui a
manqué cette semaine. Enfiévré de désir, Louis-Philippe
lui offre de terminer la soirée au Confortel, où il a une
chambre.

Après une nuit de confidences, de tendresse et de sexe, Emma le quitte au petit matin. Il se hâte pour ne pas rater son avion vers Montréal. Ramasse ses affaires. «Ma Rolex?» murmure-t-il, soudain paniqué. Chamboule et fouille la chambre de fond en comble. Se creuse la cervelle: «Quand ai-je regardé l'heure la dernière fois?» Ne se rappelle pas.

Le plexus en cavale, incrédule comme si tous ses clients l'avaient abandonné, Louis-Philippe est confus. Il arrête net de respirer. Le sang se retire de son visage. Proche d'une attaque, il se rend à l'évidence: plus de Rolex.

Le dernier vol de Delataîgne

Bruno Crépeault

– Bienvenue à bord, monsieur! Attention à votre tête…

– Oh! oui, voilà… Pardon, je ne sais pas trop quoi vous donner…

– Juste votre carte d'embarquement.

– Ma carte d'embarquement?…

– Je crois qu'elle est juste là, dans votre main.

– Oui… Oui, c'est vrai… Désolé. Vous savez, moi et l'avion…

– Merci. Cinquième rangée à votre droite, monsieur. Vous pourrez glisser votre grande enveloppe sous le siège.

– D'accord, merci… Bon, cinquième rangée…Vous êtes certaine que vous avez le bon siège, madame? Je… j'ai le numéro 5A…

– Ici, c'est le 5D, monsieur. Votre siège est de l'autre côté.

– Vraiment?… Vous avez raison, excusez-moi… Suis-je à votre place? Bon sang! je me suis peut-être encore trompé… J'ai le 5A, le 5A!

– C'est très bien, j'ai le siège d'allée juste à côté de vous. Le 5B.

– Préférez-vous la fenêtre ? Ça ne me dérange pas si vous voulez la fenêtre, j'ai eu ce siège par hasard. Si vous voulez, je…

– Non, je vous remercie.

– Vous êtes certain ? Parce que je peux…

– Tout à fait ! Je préfère un siège d'allée de toute façon.

– Ah bon ! d'accord…

🌲

– Ces avions sont petits, vous ne trouvez pas ? On a peine à s'étirer les bras…

– …

– Quelle heure est-il ? Sept moins dix… On est un peu en retard, je crois. Ces petits avions ont souvent du retard… C'est normal, je sais bien que c'est normal…

– …

– Incroyable, il neige ! Bon sang ! pourquoi aujourd'hui ? Ça doit être ça qui retarde le départ… Je parie qu'il ne neige pas à Montréal… La porte est fermée, donc tout le monde est embarqué ; alors, c'est forcément ça… Qu'est-ce que vous en pensez ?

– C'est la première neige de la saison. Très légère. Ne vous inquiétez pas.

– Légère… Légère, bien sûr… Quelle matinée ! Qu'est-ce qui se passe ? Le pilote sort de sa cabine… Il y a sûrement un problème… On rouvre la porte ! L'avion doit avoir un problème !

– Calmez-vous, mon cher monsieur, calmez-vous. Le commandant va probablement vérifier la condition des ailes.

– Les ailes ? Quelque chose n'irait pas avec les ailes, vous croyez ?

– Ha! ha! mais ne soyez pas si nerveux! C'est la première fois que vous prenez l'avion?

– Quoi? Oh non...! C'est-à-dire que ça fait un bout de temps... Mais qu'est-ce qu'ils font? Bref, j'étais enfant à l'époque. Nous étions allés dans les îles... C'était bien, les îles; j'aurais aimé y retourner, mais... L'avion était plus gros, par contre. Et il n'était pas à hélices, vous voyez? Des réacteurs... Deux réacteurs... Et beaucoup plus de sièges... Vous savez, c'est un combien de places, cet avion-ci? Vingt?

– C'est un appareil de trente-sept sièges. Un Dash-8. De fabrication canadienne, d'ailleurs.

– Vraiment? Dites, vous vous y connaissez, en avions? Vous volez souvent? Ha! ha! excusez-moi... Je veux dire : vous voyagez souvent par les airs?

– Quarante-huit semaines dans l'année, et parfois même deux vols par semaine. C'est le travail qui m'y oblige...

– Vous travaillez à Montréal?... Le voilà qui revient! Bon sang! j'espère que les ailes sont à son goût... Et la porte... Il faut bien la verrouiller... Hé! n'oubliez pas la porte!

– Chhhh... Ne criez pas! Allons donc! L'agent de bord connaît son travail. Ne vous en faites pas!

– Il y a un problème, messieurs?

– C'est la porte. Je...

– Ce monsieur est un peu nerveux; il n'a pas pris l'avion depuis longtemps, à ce qu'il m'a dit.

– Vraiment? Ne vous inquiétez pas, tout ira très bien, monsieur Delataîgne. Il faut mettre votre enveloppe sous le siège. Voilà, merci. Aimeriez-vous boire un peu d'eau avant le décollage?

– Vous savez mon nom! Mais comment savez-vous mon nom?

– Il est inscrit sur votre carte d'embarquement. Aimeriez-vous boire un peu d'eau?

– Vous êtes bien aimable, oui, merci... De l'eau me ferait du bien... Tenez, c'est bien vrai, mon nom est là. Delataîgne... Ha! ha! je suis bête... Votre nom apparaît aussi sur la vôtre ?

– Je m'appelle Rocheval, Lucien Rocheval. C'est également sur ma carte. Regardez!

– Rocheval. C'est amusant...

– Ah oui ?

– Euh... pas vraiment... Excusez-moi, je suis un peu énervé...

– Ha! ha! Pas de quoi, mon cher monsieur. Allez, détendez-vous.

– Voilà, monsieur Delataîgne. Je vous laisse la bouteille. Pendant le vol, si vous ne vous sentez pas bien, vous pouvez m'appeler en tout temps en appuyant sur le bouton au-dessus de votre tête, juste ici. D'accord ? Rassurez-vous, tout se passera bien.

– Ha! ha! un bouton, oui... Merci, mademoiselle, merci beaucoup... Ah! oui, tout se passera bien. Aucun problème, aucun problème... mais il neige encore...

Mesdames et messieurs, bienvenue à bord du vol 414 de Transportair, le transporteur de choix en province, qui quitte maintenant la barrière de l'aéroport de Val-d'Or. Le vol vers Montréal-Dorval sera d'une durée d'une heure et dix minutes et nous atteindrons une altitude de six mille mètres. En préparation au décollage, veuillez boucler votre ceinture, redresser votre tablette et vous assurer que tout bagage à main est placé sous le siège devant vous ou dans le compartiment au-dessus de vous. Au nom du commandant Gilbert, du premier officier Boucher et de moi-même, Émérylde, je vous souhaite une agréable envolée. Ladies and gentlemen, welcome on board...

– Six mille mètres ! Vous vous rendez compte ? Bon sang ! c'est haut... C'est foutrement haut ! À quelle distance s'arrête l'atmosphère, dites ? Sept mille mètres ? Dix mille ?

– L'atmosphère ? Mais qu'est-ce que vous racontez ? Les satellites les plus bas orbitent à trente ou trente-cinq mille mètres !

– Trente-cinq mille ? Trente-cinq mille... Ah ! bon sang ! je n'aurais jamais dû partir ! J'aurais mieux fait de rester ici et de tout laisser tomber... Qu'est-ce que j'y gagne de toute façon ? Quelle histoire !

– Si vous voulez, on peut aviser l'agent de bord et demander qu'on fasse demi-tour. C'est votre droit, vous savez.

– L'agent de bord ? Émérylde l'hôtesse, vous voulez dire ? Pas question ! Avec un nom pareil, j'ai peur qu'elle me dise de réciter le chapelet !... Je blague, je blague... Il faut que je rie un peu... Non, je... je dois partir absolument. J'ai un rendez-vous à... J'ai un rendez-vous très important. Je dois voir quelqu'un, je n'ai pas le choix...

– Il faudra s'y faire, alors. Vous avez vraiment l'air mort de trouille, si vous me permettez le commentaire.

– Trouille, vous dites ?... Lucien Rocheval, c'est ça ? Je peux vous appeler Lucien ? J'ai un oncle qui s'appelle Lucien... Je suis terrifié, plutôt, oui ! Je ne croyais pas que ça serait difficile à ce point... J'aurais voulu y aller en voiture, mais je tenais à rencontrer mes étudiants hier en soirée...

– Ah ! vous êtes enseignant ?

– À l'université, en français... Un petit groupe de huit personnes seulement... Ah ! j'aurais dû tout annu...

Mesdames et messieurs, nous allons prendre
quelques minutes de votre temps pour vous
expliquer les mesures de sécurité s'appliquant à
cet appareil. Le Dash-8 est muni de quatre
sorties de secours : deux à l'avant, et deux à la
rangée quatre, sous les ailes...

– À l'avant, rangée quatre, sous les ailes...
– Qu'est-ce que vous faites ?
– Je prends les sorties d'urgence en note... Qu'est-
ce qu'elle a dit ? Merde, j'en ai manqué un bout !

... dans le siège qui se trouve devant vous.
Veuillez en prendre connaissance avant le
décollage. Merci de votre attention.

– Dans le siège ?
– Regardez dans la pochette qui est devant vous. Il
y a un dépliant qui explique les consignes en cas d'urgence.
– Ah oui ?... Je vais le lire immédiatement... Vous
ne lisez pas le vôtre ?
– Ha ! ha ! je l'ai déjà lu, voyons ! Je pourrais
presque vous le dessiner de mémoire ! Et puis j'ai une
grande confiance dans le transport aérien. Vous savez, il
est plus dangereux de conduire...
– ... sa voiture que de prendre l'avion. Oui, je sais,
on me l'a faite, celle-là... Mon frère, encore hier... Je sais
tout ça mais ça ne change rien au fait qu'en avion les
chances de survivre à un accident sont plutôt nulles, com-
parativement à un accident d'auto. De plus, ma Ford, c'est
moi qui la conduis ; l'avion, c'est le capitaine Casquette qui
s'en occupe... Bon sang ! vous savez quoi ? On devrait...
Ça y est ! Ça y est, on décolle !... Mon Dieu ! mon Dieu !
je vous salue, Marie, faites qu'il ne m'arrive rien...

Mesdames et messieurs, le commandant vient de lever la consigne vous priant de boucler votre ceinture. Cependant, pour plus de confort et de sécurité, nous vous conseillons de la garder bouclée tout au long de ce vol. Également, que ceux qui ne sont pas familiarisés avec cet appareil veuillent bien noter que la toilette se trouve à l'avant, à droite.

– Monsieur... Hé! monsieur Delataîgne! Vous pouvez ouvrir les yeux. Il y a déjà cinq minutes que nous sommes dans les airs.

– ...

– Dites, vous vous sentez bien?

– Pas vraiment... Avons-nous réellement décollé?

– Regardez par la fenêtre. On ne peut pas se tromper.

– Non! Non...! Je... je vais m'abstenir de regarder par là... C'est normal, cette vibration?

– Bien sûr. La vibration, le bruit des moteurs, même les turbulences – ça ne veut pas dire qu'il y en aura, vous savez –, tout ça est normal. Vous vous en tirerez très bien.

– Merci, merci, Lucien... J'espère que je ne vous ennuie pas trop...

– Allons, n'en parlez pas. J'ai déjà vu ça.

– Je croyais que j'allais vomir. Je n'ai même pas eu le temps de prendre le petit sac...

– Alors, messieurs, comment ça se passe ici?

– Je crois qu'il va s'en sortir, mademoiselle. Ha! ha!

– Mais je n'en doute pas une minute. Monsieur Delataîgne, comment s'est passé le décollage?

– ...

– Je peux vous apporter quelque chose?

– Un oreiller.

– Un oreiller ? Avec plaisir ! Le temps passera plus vite si vous dormez un peu.

– Dormir ? Comment pourrais-je dormir dans cet état ? Non, Émérylde. L'oreiller, c'est pour boucher cette maudite fenêtre... S'il vous plaît, dépêchez-vous.

– Robert, j'ai un passager qui ne va pas très bien. Dans le 5A.

– Une personne âgée ?

– Non ; je dirais dans la quarantaine. Pierre Delataîgne. Je crois qu'il va à l'hôpital ; il a une grande enveloppe marquée « Rayons X » avec lui.

– Un cas médical ? Est-ce qu'il ne devrait pas être accompagné d'une infirmière ?

– Oh non ! ce n'est pas ça. Je ne pense pas qu'il soit si malade ; il a juste peur de l'avion. Plus que peur ; il tient les appuie-bras tellement serrés qu'il a les jointures toutes blanches.

– Tu penses qu'il pourrait y avoir des problèmes ?

– Difficile à dire. Il n'a pas dit un mot dans la dernière demi-heure. Il tremble tellement que j'ai fait se déplacer sur un autre siège le passager qui était à côté de lui.

– Bon, tu ferais peut-être bien d'aller le voir. On a une zone de turbulences à trente kilomètres.

– Des vents ?

– Non. Un orage.

Mesdames et messieurs, nous vous demandons de bien vouloir boucler votre ceinture. Il est possible que l'appareil subisse de légères secousses dans les prochaines minutes. Merci de votre compréhension.

– Monsieur Delataîgne, c'est Émérylde. Je vais m'asseoir avec vous, d'accord ?

– Qu'est-ce que vous avez dit par l'interphone ? Je n'ai pas bien entendu... Je crois que je dormais. Je rêvais, en tout cas. Quel cauchemar... !

– J'ai demandé aux passagers de boucler leur ceinture. Nous allons peut-être rencontrer des turbulences dans peu de temps.

– Turbulences ?... Mon Dieu ! je n'y arriverai pas... Qu'est-ce que ça veut dire au juste ? C'est dangereux, n'est-ce pas ?

– Non, non, il n'y a pas de danger. L'appareil peut être secoué de chocs plus ou moins forts. C'est fréquent, vous savez...

– Oui, oui, c'est normal aussi, je suppose... Où est passé Lucien ?

– Qui ?

– Lucien Rocheval, le monsieur qui était assis à côté de moi.

– Il... il a changé de place. Il préférait une fenêtre, je crois.

– Une fenêtre ?... O.K., si vous le dites... Est-ce que c'est dans votre habitude de vous asseoir avec les passagers, Émérylde ?

– Ha ! ha ! bien sûr que non...

– Dans d'autres circonstances, je... Ouf !...oh ! bon sang ! c'était ça, une turbulence ? C'est épouvantable...

– Oui, c'était ça, mais vous êtes bien attaché. Ne vous en faites pas. Le pire qui peut arriver, dans ces cas-là, c'est que quelqu'un s'éclabousse avec son café, vous voyez ?

– Probablement. Alors, dites-moi ce que vous faites assise là...

– Euh... je fais seulement mon travail ; vous me semblez plutôt inquiet, et c'est mon devoir de vous rendre le vol le plus agréable possible.

– Désolé, mais je crois qu'il n'y a rien que vous puissiez faire pour... Ouf !...encore une... et encore !...

Dites-moi la vérité... Qu'est-ce qui se passe ? Ça ne peut
pas être toujours comme ça !
    – Non, c'est vrai. La plupart des vols sont plus
calmes. Mais c'est l'automne, vous comprenez, et à ce
temps-ci de l'année...
    – Eh bien quoi, dites-le !
    – Je ne veux pas vous alarmer, monsieur
Delataîgne. Je vois que c'est déjà bien assez difficile pour
vous comme ça.
    – Oh ! bon sang ! je sais... Je sais ce qui se passe !
Nous sommes... Ouf !...merde, je ne pourrai pas endu-
rer ça longtemps... Nous volons en pleine tempête,
n'est-ce pas ?
    – Un orage, oui, mais ce ne sera pas long. La cellule
orageuse n'est pas très large, selon le commandant. S'il
vous plaît, il faut que vous restiez calme.
    – Le commandant... Parlons-en, du commandant !
Je n'arrête pas d'y penser...Vous rendez-vous compte
qu'il a notre vie à tous – la vôtre aussi, vous savez – entre
ses mains ? Mais qu'est-ce que nous savons de lui ? Et
vous, vous le connaissez bien ? Est-il apte à piloter cet
avion ? Est-il dépressif ? Alcoolique ? Qu'est-ce qu'on en
sait ? Qu'est-ce que vous en savez, hein ? Et... Ouf !...
ouf ! Bon sang ! faites que ça arrête... Et le copilote, lui,
s'est-il reposé ? Est-ce qu'il a bien dormi, hier soir ? Est-
il parfaitement alerte ? Je...
    – Monsieur Delataîgne, je vous en prie ! Robert
Gilbert est un pilote exceptionnel, tout comme le
premier officier Boucher. Ils ont plusieurs années
d'expérience et...
    – Ah oui ! Comme le capitaine du *Titanic*...
    – Monsieur, vous rendez les autres passagers
nerveux, et ça ne fait qu'empirer les choses.
    – Eh bien, ils ont raison d'être nerveux ! Personne
ici ne sait comment ça finira ! Avez-vous tous bien

réfléchi avant de prendre cet avion ? Comment êtes-vous certains qu'il est en bon état ? Que les moteurs ne s'arrêteront pas brusquement... ouf !...ou que ces fichues turbulences n'arracheront pas les ailes pour nous faire plonger vers la terre ?

– Mademoiselle, excusez-moi, je suis médecin. Je peux peut-être vous aider.

– Ne me touchez pas ! Je vous interdis de me toucher !

– Monsieur Delataîgne, rassoyez-vous !

– J'en ai soupé, des médecins et de leurs diagnostics et...

– Monsieur, vous allez devoir vous calmer. Allez, laissez-moi vous exam...

– Foutez-moi la paix !

– Monsieur Delataîgne ! Vous ne devez pas vous lever ! Revenez à votre place !

– Émérylde ! Mais qu'est-ce qui se passe en arrière ? Qui est-ce qui crie comme ça ?

– C'est le passager du 5A ! Il vient de s'enfermer dans les toilettes. Je suis désolée, Robert, je n'ai pu rien faire.

– Bon, ça va. Écoute, essaie de lui parler ; nous, on ne peut pas quitter le cockpit pour l'instant, l'orage s'étire plus loin que prévu. Ensuite, on s'occupera de ton passager, O.K. ?

– Je vais essayer...

– Et les autres, ça va ?

– Oui. Ils voient bien ce qui se passe, mais ça a rendu certaines personnes très agitées. Il y a un médecin à bord qui a voulu m'aider. Il s'occupe de deux femmes qui n'arrêtent pas de pleurer depuis tout à l'heure...

– *Bien reçu, centre de Montréal. Libérons six mille mètres pour quatre mille.* Écoute, Émérylde, rassure tout le monde et surveille les toilettes. Si on est chanceux, ce bonhomme va se cogner la tête au prochain coup de vent et on va être tranquilles jusqu'à Dorval...

  – Monsieur Delataîgne, vous m'entendez ?

  – ...

  – Monsieur, s'il vous plaît, je vous demande d'ouvrir la porte ! Il est très dangereux d'être dans les toilettes dans une zone de turbulences ! Vous pourriez vous blesser sérieusement !

  – ...

  – Qu'est-ce que vous faites ? Qu'est-ce que j'entends ?... Monsieur, ouvrez la porte ! Vous pourriez être mis en état d'arrestation si vous ne respectez pas les règlements et je suis certaine que personne ne veut en arriver là... Je vous en prie !

  – ...

  – Monsieur, ne brisez pas le matériel ! Vous pourriez mettre en péril la sécurité des passagers ! Ressaisissez-vous et sortez de là ! Écoute, Robert, il ne répond pas. Je ne sais pas ce qu'il fait, mais j'ai entendu des bruits bizarres, comme s'il frappait ou arrachait quelque chose. J'ai peur... Je n'ose pas forcer la porte...

  – Bon... On a déjà avisé le Centre et la GRC nous attend à Dorval. On devrait arriver dans une quinzaine de minutes. L'atterrissage va être assez raide... Il faut absolument le faire sortir de là-dedans. Je vais m'en occuper.

  – Non, Robert. Reste aux commandes. Je vais y aller.

  – T'es sûr, Serge ?

  – Oui. On va en finir avec cette histoire.

  – Monsieur, c'est le premier officier Boucher qui vous parle ! Ouvrez la porte !

  – ...

— Nous sommes presque arrivés à Montréal! Regagnez votre place et bouclez votre ceinture, c'est presque fini! C'est pour votre sécurité!

— ...

— Émérylde, recule un peu. Je vais baisser la clenche de sécurité... Monsieur? Assoyez-vous et attendez! Je vais ouvrir de l'extérieur! Je vous prie d'aller vous asseoir, maintenant. Hé! qu'est-ce que vous faites avec le crochet à manteaux? Mais faites attention — aaarglglllrrl...

— Mon Dieu! Serge! Qu'est-ce que tu as?

— Émérylde? Qu'est-ce qui se passe derrière?

— Robert! Serge est blessé! Il saigne! Verrouille la porte du cockpit! Oh! mon Dieu...!

— Je... je ne voulais pas! J'ai paniqué! Je suis... je suis désolé...

— Mais qu'est-ce que vous lui avez fait?

— Pardon, laissez-moi passer! Je suis médecin!

— Vous, n'approchez pas! Restez où vous êtes!

— Monsieur Delataîgne, je vous en supplie, laissez-le s'occuper du premier officier...

— Bon sang! mais qu'est-ce que j'ai fait...?

— Mademoiselle, j'ai besoin d'une serviette épaisse! Vite!

— Une serviette? Un instant... Je n'ai qu'une couverture...

— Vous avez une trousse de premiers soins?

— Oui. Oh! mon Dieu! Serge. Mais qu'est-ce qu'il a? Qu'est-ce qu'il lui a fait?

— Il a une perforation au niveau du cou et je crains que ce ne soit assez sérieux. Passez-moi la trousse et dites au commandant qu'il serait préférable d'atterrir le plus vite possible.

— D'accord, je l'appelle par interphone... Robert, Serge est blessé au cou. Le médecin dit qu'il faut atterrir...

— Émérylde, je veux voir le commandant.

– Monsieur Delataîgne, c'est impossible, vous ne pouvez pas...

– Écoutez, Émérylde, ce... ce qui est arrivé à cet homme, c'était un accident... Mais je vous en conjure, laissez-moi voir le pilote !

– Un moment, je le lui demande... Robert ? Le passager du 5A veut te voir... Le médecin ? Oui, il est là, il s'occupe de Serge... Mon Dieu ! il y a tellement de sang... Il faut atterrir tout de suite, emmener Serge à l'hôpital... Il l'a blessé au cou... avec le crochet à manteaux. Il exige de... O.K.... Monsieur Delataîgne ? Il accepte de vous parler par l'interphone.

– Par l'interphone ? Ça ira...

– Et, monsieur, ne faites plus de mal à personne, s'il vous plaît. Maintenant, c'est vous qui tenez nos vies entre vos mains !

– Allô ?

– Qu'est-ce que vous avez fait à Serge ?

– Monsieur le pilote, il faut que je sorte d'ici ! Je... je n'en peux plus ! Je dois sortir d'ici ! Tout de suite !

– Écoutez-moi bien : nous avons un blessé à bord. Alors, je vais tout faire pour être au sol le plus rapidement possible. O.K. ? On a déjà commencé la descente. *Contrôle, ici Transportair 414, on contacte terminal de Montréal sur fréquence 118,9...*

– Je... je ne sais pas... Je ne sais plus... J'étouffe... Comment vous faites pour rester enfermés ici... ? Je suis incapable de...

– Monsieur Delataîgne, je n'ai pas le temps de soigner vos phobies... Si vous ne voulez pas que la situation empire, vous allez devoir m'écouter et faire ce que je dis.

– Je n'aurais jamais dû embarquer...

– Il est trop tard pour y penser... Monsieur, ce que vous faites est très dangereux. S'il vous plaît, retournez vous asseoir, attachez votre ceinture et fermez les yeux.

Respirez profondément et ne parlez plus à personne. On
est presque arrivés.

   — J'ai été stupide, tellement stupide... Je ne voulais
pas le tuer...

   — Il n'est pas mort ! Et il ne mourra pas...

   — Moi, oui...

   — *On contacte les arrivées sur 126,9.* Personne ici
ne va mourir, c'est compris ?

   — Tout ça, c'est pour rien... Rien ne va changer...

   — Qu'est-ce que vous voulez dire ? C'est bien vous
qui aviez une enveloppe de radiographies ? Vous allez à
l'hôpital ?

   — Oui, des radiographies du cerveau... Je... j'ai une
tumeur...

   — Et vous allez à Montréal pour vous faire soigner ?

   — La tumeur est inopérable, selon les médecins de
Val-d'Or. On m'a envoyé en avion pour voir un spécialiste
dans les plus brefs délais. Mais je ne pensais pas que
l'avion serait si...

   — Pierre, c'est ça ? Écoute, Pierre, c'est malheureux, ce qui t'arrive, mais personne sur ce vol n'est responsable.

   — Je... je sais... J'étouffais... L'avion, les turbulences, le docteur, j'ai paniqué. Je... je suis désolé... Mon
Dieu ! qu'est-ce que j'ai fait ?

   — Dis-moi, il te reste combien de temps ?

   — Quoi ?

   — Les médecins te donnent combien de temps à
vivre ?

   — Ils ne savent pas... Six mois, peut-être un an...
Bon sang ! je suis tellement navré...

   — Regarde par la fenêtre.

   — Je... je ne peux pas !

   — Fais un effort. Regarde le grand Montréal.

   — Non ! Je... je...

– Tu vois à gauche ? L'oratoire Saint-Joseph... Le centre-ville plus loin... et le mont Royal... *Les arrivées, ici Transportair 414, avec vous à mille deux cents mètres, cap 2-4-0...*

– L'oratoire ?... Je... je... Bon sang que c'est haut ! Oui, je vois le dôme avec la croix...

– C'est beau, non ? J'ai vu comme ça Québec, New York, Boston, la Gaspésie, toute la province. Des dizaines, des centaines de fois. Et à chaque coup ça me fait un effet pas croyable. Je pilote une mécanique de onze tonnes, planant au-dessus de la vie de tout le monde, et je me dis que c'est réellement le plus beau métier du monde. Tu comprends ?

– ...

– Là, je dois te laisser, Pierre. Ça te va si je parle à Émérylde une minute ? J'aimerais lui dire que tout va bien... Parce que tout va bien, pas vrai ?

– Robert, je... je ne sais pas quoi vous dire...

– Assieds-toi, attache ta ceinture et regarde le paysage. Et aie confiance. C'est moi qui conduis.

– D'accord, je... Émérylde ? Il veut vous parler...

– Oui, Robert ?

– Émérylde ? Bon, on est à huit kilomètres à l'ouest de Dorval. Ça va aller mieux, je pense. Et Serge ?

– Le médecin dit que ça devrait aller, mais il faut faire vite.

– Bien compris. Garde un œil sur notre passager, mais je crois qu'il est calmé.

– O.K. Il a l'air changé, on dirait... Parfait. À tantôt. Monsieur Delataîgne, vous allez devoir boucler votre ceinture.

– La ceinture... Oui, tout de suite...

– Vous voulez un oreiller pour boucher le hublot ?

– Non, ce ne sera pas nécessaire...

– Monsieur Pierre Delataîgne? Elzéar Vaillan-
court, agent de la GRC. Veuillez descendre s'il vous plaît.
– J'aimerais seulement dire...
– Tout de suite, monsieur. Descendez.
– D'accord... Oh! l'ambulance est là...
– Ce n'est pas pour vous. Tournez-vous, les mains
derrière le dos.
– Je... j'aurais voulu dire quelque chose...
– Désolé, c'est trop tard. Par ici... Dans la voiture,
là.
– Mais...
– Allez, on embarque. Attention à votre tête...

Le fouille-merde

Les chroniques policières
de Gilles Massicotte

Fouille-merde : n.m. Espion, enquêteur.
N'ayons pas peur des mots.
Dictionnaire du français argotique et populaire,
François Caradec, Larousse, 1988.

– Merde ! Où suis-je ?

Complètement nu et avachi dans un lit en désordre, Donald Berger était dans un état de quasi-torpeur à son réveil. Il redressa mollement sa carcasse d'ours et, de ses yeux bouffis, jeta un regard inquisiteur autour de lui. Les vêtements qu'il avait portés la veille jonchaient le plancher de la chambre à coucher, alors que son 357 Magnum trônait sur la table de nuit. Il reconnut ensuite, adossée contre le mur, la vieille commode que lui avait léguée une tante éloignée. Constatant qu'il était effectivement chez lui, Berger se laissa retomber sur sa couche et fainéanta jusqu'à ce que sa vessie trop pleine finisse par le faire lever. Cahin-caha, il se dirigea alors vers la salle de bains tout en se massant le cuir chevelu de la paume de la main.

Pissant dru dans la cuvette, Donald soupirait de satisfaction. Puis il actionna la chasse d'eau pour ensuite aller au lavabo. Il ouvrit le robinet d'eau froide et s'aspergea le visage tout en se mirant par éclipses dans la glace. Dégoulinant, il finit par s'envoyer une grimace.

– Pouah ! J'en ai viré une maudite.

Âgé de seulement quarante-cinq ans, l'homme en paraissait bien dix de plus en ce lendemain de la veille, alors que les membres du département de police avaient souligné les vingt-cinq ans de service du détective. Pour l'occasion, son coéquipier Jacques Lanoue lui avait présenté, au nom du groupe, une montre en or avec bracelet de cuir noir. L'inscription « Donald Berger : un quart de siècle » avait été gravée au dos du boîtier, suivie du sigle de l'organisme.

Après la cérémonie, ses camarades et lui avaient entrepris la tournée des grands ducs en commençant par la taverne *Frenchie* : le deuxième bureau de Berger. Puis le groupe s'était retrouvé au bar *Rendez-vous* pour ensuite continuer à célébrer au motel *L'Escale*.

La chaleur inhabituelle des derniers jours aidant, bière et cognac avaient coulé à flots. À l'occasion, d'autres connaissances s'étaient jointes aux fêtards. Même Alex Carson, un petit malfrat, était allé féliciter le policier en lui tapotant l'épaule. Un illustre inconnu s'était aussi imposé : Louis Lamy, un prétendu écrivain au regard hautain, qui voulait des informations sur le métier de détective.

– Tu r'passeras, lui avait répondu Berger d'une langue pâteuse. À soir, on veut rien savoir.

Au fil des heures cependant, la bande d'amis avait progressivement diminué en nombre. C'est finalement en solitaire que Donald s'était retrouvé accoudé au comptoir d'un autre bar, baragouinant ses boniments à qui voulait l'entendre.

Toujours devant le miroir de sa salle de bains, le policier s'essuyait le visage quand...

– Merde! Ma montre! Où est-elle?

Il venait de remarquer son poignet gauche dégarni. Pourtant, il se souvenait bien d'avoir étrenné son cadeau juste avant d'aller faire la foire. Sa vieille Timex, il l'avait reléguée au fond de sa poche. Confus, Donald retourna à sa chambre et y entreprit une fouille en règle. Il retrouva sa Timex, mais pas l'objet perdu. Il décida alors d'aller voir d'abord du côté du salon, pour ensuite aboutir dans sa cuisine en bric-à-brac. Le comptoir, tout comme l'évier, était encombré de vaisselle sale. Sur la table, une boîte de pizza vide et une canette de Pepsi témoignaient de la nature du dernier repas pris par l'unique occupant. Là aussi, Berger dut se rendre à l'évidence : la montre ne s'y trouvait pas. Déçu, il se laissa tomber sur une chaise. Son regard se porta alors sur une photo dans un cadre reposant sur le bahut tout près. Donald, en plus jeune, y figurait, radieux, près d'une jolie fille en robe blanche. La photo avait été prise le jour de son mariage, vingt ans plus tôt. Il l'avait bien aimée, sa Lucie. Ensemble, ils avaient filé le parfait bonheur. Mais tout avait basculé après qu'il eut accepté ce poste de détective.

« Maudit travail de fouille-merde. J'en oubliais ma Loulou à force de chercher continuellement des squelettes dans les garde-robes des autres. »

Son univers à lui, c'était les enquêtes ; celui de Lucie, son mari. Délaissée graduellement, dépouillée de son premier amour, de plus en plus malheureuse, Lucie Gagnon avait fini par s'enticher de son patron, Stéphane Chopain, un homme affable et un brillant criminaliste. Un jour, l'inévitable arriva. Donald trouva sa maison vide. Sa douce l'avait quitté pour aller vivre avec celui qui était devenu son amant. Supplications, menaces et promesses n'avaient rien donné. L'enquêteur acceptait mal cette situation, surtout que l'avocat défendait avec brio ceux que lui-même s'évertuait à traquer. Et, plus souvent qu'autrement, l'accusé se retrouvait libre, acquitté grâce à un incident technique qu'avait soulevé Chopain.

– Celui-là, je lui réserve un chien de ma chienne, grommela Berger.

🌲

La sonnerie du téléphone retentit. D'un geste rapide, il empoigna le combiné.

– Allô!

– Donald! C'est Jacques. Viens-t'en au poste, on a une affaire de meurtre à élucider.

– Un meurtre?

– Oui. Une femme a été retrouvée étranglée dans son appartement.

– Bon, bon! Laisse-moi le temps de me décrotter, pis j'arrive.

En reposant le combiné, Donald ne put s'empêcher de maugréer:

– Merde! Un autre samedi de gâché. J'aurais pu me passer de ça. Moi qui voulais me faire un dix-huit trous cet après-midi au *Belvédère*.

🌲

Ravivé par le jet d'eau qui lui avait fouetté le corps, Donald Berger ferma les robinets et sortit de la douche. Il endossa un peignoir et se massa rapidement la tête à l'aide d'une serviette. Une fois rasé, il se regarda dans le miroir en se caressant la gorge pour apprécier la douceur de sa peau. Ce contact de la main sur son gosier le ramena à l'enquête qui l'attendait et lui fit penser à l'horreur d'une mort par strangulation. N'avait-il pas vécu lui-même une agression semblable dans son enfance ?

Orphelin de mère à sa naissance, puis de père à l'âge de quatre ans, le jeune garçon avait été élevé par une belle-mère qui le détestait. Donald avait aussi des problèmes d'énurésie nocturne, ce qui ne facilitait pas ses relations avec la marâtre. Un jour, alors que celle-ci était plus maussade que d'habitude, elle avait saisi Donald à l'encolure et avait serré tellement fort qu'il en avait presque suffoqué. L'arrivée impromptue d'une voisine avait heureusement mis fin au supplice de l'enfant. La femme l'avait envoyé dans sa chambre avant d'aller ouvrir.

– Et que je ne t'entende pas pleurnicher, lui avait-elle ordonné.

Oui, Berger connaissait très bien la sensation douloureuse causée par une main qui étrangle. Il ferma momentanément les yeux comme pour éloigner de son esprit ce triste souvenir. Puis il s'aspergea de lotion après-rasage, humant l'odeur avec satisfaction. Il ne lui restait plus qu'à s'habiller.

Vêtu d'un complet bleu pâle, d'une chemise blanche et d'une cravate assortie, arme sous le veston et chaussé de magnifiques bottes de cow-boy noires, Donald Berger traversa d'un pas gaillard le couloir conduisant au bureau des enquêtes. Il y retrouva son confrère Jacques Lanoue qui faisait les cent pas. La silhouette efflanquée du quinquagénaire, du type nerveux, contrastait avec la carrure de Berger.

– Enfin, te voilà ! lui lança-t-il tout en s'arrêtant net. Allons- y ! Les gars de la patrouille nous attendent sur les lieux.

– C'est quoi, l'histoire, au juste ?

– C'est arrivé au 850 du boulevard des Pins. Une certaine Nadia Wilson a été retrouvée sans vie par le propriétaire. Il faisait le tour de ses locataires pour collecter l'argent des loyers. Quand il est arrivé à l'appartement 2, la porte était entrebâillée. Il a frappé : pas de réponse. Il s'est risqué à l'intérieur. C'est là qu'il a découvert le corps étendu sur le plancher du salon, avec des marques suspectes au niveau du cou.

Lanoue continua son exposé de la situation tout en se dirigeant vers l'extérieur du poste de police, suivi de Berger.

– Selon le proprio, la victime était célibataire et travaillait comme serveuse au bar *Barrab* à la sortie ouest de la ville. J'ai vérifié avec le directeur de l'endroit. C'est elle qui était de service la nuit passée... Toute seule.

– Elle a un petit copain ? demanda Berger.

– Pas à ma connaissance, mais l'enquête le démontrera bien.

– Et la mort remonte à quand ?

– Le coroner a été appelé sur la scène du crime. Nous serons bientôt fixés là-dessus.

Dans le terrain de stationnement du poste de police, les deux enquêteurs étaient arrivés à la hauteur de l'auto banalisée qui leur était attribuée de facto. Berger se glissa derrière le volant tandis que son compagnon prenait place à côté. Quelques minutes plus tard, ils débarquaient devant le 850 du boulevard des Pins, un immeuble à l'extérieur briqueté comprenant quatre logements. Devant l'entrée principale, un policier en uniforme montait la garde.

– Bonjour, messieurs, c'est en haut à droite, leur lança la sentinelle.

– Merci, Kevin, répondirent en chœur les deux détectives.

– Les voisins ont-ils été interrogés ? enchaîna Berger.

– Oui ! On a aussi leurs coordonnées. Malheureusement, personne n'a rien vu ni rien entendu.

– Merde ! C'est bien notre veine. Bon ! Allons-y. On ne sait jamais. On peut quand même trouver quelque chose.

À l'intérieur, dans le couloir, Berger et Lanoue croisèrent un homme maigrichon portant une petite trousse noire. Le docteur Léonard Julien avait terminé ses constatations préliminaires et s'apprêtait à quitter les lieux.

– Alors, doc, qu'en dites-vous ? lui demanda le détective Berger.

– Ah ! c'est un cas patent de mort par strangulation. Je dirais que le décès remonte à quatre heures ou quatre heures et demie ce matin. Je ne crois pas que cette pauvre femme ait été violée. Bien entendu, l'autopsie nous en dira plus long.

Après les salutations d'usage, le médecin continua son chemin d'un pas rapide tandis que les enquêteurs entraient chez Nadia Wilson par la porte entrouverte. L'entrée du logement donnait directement sur le salon, où un deuxième agent était de faction. L'attention des limiers se porta immédiatement sur le corps qui gisait sur le plancher devant eux. Allongé sur le dos, les jambes mi-écartées, les bras en croix et les yeux révulsés, le macchabée s'était figé, le bas du visage contorsionné. La main meurtrière avait laissé sa trace au cou, où des marques rosées contrastaient avec le teint blanchâtre de la victime. Celle-ci semblait être dans la trentaine. Elle était vêtue d'une minijupe en cuir noir, d'une blouse blanche ainsi que d'un coupe-vent bleu pâle. Elle portait également des collants et des bottillons noirs. Près du cadavre se trouvait aussi un sac à main en jute.

– On dirait que c'est arrivé au moment même où elle entrait chez elle, commenta Berger. Puis, s'adressant à Lanoue :

– Tu la connaissais ?

– Non. Et toi ?

– Hum ! Difficile à dire, répondit Donald. Elle me rappelle quelqu'un, mais c'est vague. On voit tellement de monde dans notre métier ! Puis il balaya les lieux du regard. L'endroit était meublé avec goût. Un canapé en osier de style victorien était adossé au mur, assorti à un fauteuil en angle près d'une fenêtre drapée de dentelle. Un téléviseur et une chaîne stéréo dernier cri ainsi qu'une lampe à abat-jour frangé complétaient harmonieusement le décor. Les murs étaient agrémentés de toiles d'artistes locaux. Thérèse Leblanc, Yolande Cormier et Ma Reine Bérubé y figuraient en bonne place. Sur une table de coin, un livre : *La Tête des eaux* par Denys Chabot. Plus loin, un émail sur cuivre de Lily Lortie.

Fidèle lecteur de l'hebdomadaire *L'Écho abitibien*, Berger avait vu ces noms défiler dans la chronique artistique. « Mais c'est une vraie galerie d'art régional », se dit l'enquêteur. Et, s'adressant au policier en uniforme :

– Comment sont les autres pièces ?

– C'est très propre partout et il n'y a rien qui semble avoir été déplacé.

Dans les minutes qui suivirent, l'agent Roger Calvin, technicien de l'identité judiciaire, fit son entrée, chargé de son équipement. Pendant que les deux enquêteurs fouinaient un peu partout dans l'appartement, Calvin s'affaira à prendre des photos des lieux. Puis, assisté de l'autre policier, il prit les mesures de la scène du crime afin de pouvoir plus tard reproduire le tout sur un plan à l'échelle Enfin, à la recherche d'empreintes digitales, il barbouilla de poudre à l'aide d'un plumeau la porte d'entrée, la fenêtre et les murs attenants. Il avait donné ses derniers coups de pinceaux et il rangeait son attirail quand Donald Berger l'interpella.

— Alors, Roger, as-tu trouvé quelque chose ?

— Rien de bon, mon vieux. Juste des traces de doigts qui ont glissé. Ça ne vaut rien.

— Maudite marde ! C'est pas de chance. Et la sacoche, elle ?

— Hum ! Il y a plein de cossins dedans. Mais ce qui est intéressant, c'est la somme d'argent qui s'y trouve toujours.

— Comment ça ? répliqua Donald.

— Il y a quatre cent quatre-vingts dollars en beaux billets de vingt dans une enveloppe, en plus d'une autre petite somme dans un portefeuille.

— Quatre cent quatre-vingts dollars ! C'est probablement l'argent du loyer.

— C'est aussi mon opinion, renchérit Jacques Lanoue qui était tout près. Une chose est certaine, le vol n'est pas le mobile du crime.

— Oui ! Et je suis d'accord avec le toubib. Ce n'est pas une affaire de sexe.

— A-t-elle été éliminée parce qu'elle en savait trop sur certaines personnes ? demanda Lanoue. Aurait-elle recueilli une confidence de trop ? Que je sache, le bar *Barrab*, où elle travaillait, est fréquenté par la vermine de la pire espèce. Elle a dû en voir et en entendre de toutes les couleurs, la pauvre. Quel secret cache donc ce crime ?

— Il faudra aussi vérifier la possibilité de l'amoureux éconduit, ajouta Berger.

— J'espère seulement qu'on n'a pas affaire à un psychopathe, fit Calvin. Si c'est le cas, dites-vous bien que cette victime n'appartient pas nécessairement au cercle de connaissances du tueur, qui sera d'autant plus difficile à dénicher.

Tous y allaient de leurs réflexions à propos du mobile du meurtre quand ils furent interrompus par le constable Manach qui venait d'apparaître dans l'encadrement de la porte.

– Excusez, messieurs. Les gars de la morgue sont arrivés.

– Ils peuvent venir, nous avons terminé, répondit Lanoue.

Les policiers regardaient les employés de la morgue soulever le corps de la victime pour le transférer sur une civière quand leurs regards se portèrent sur un objet brillant qui se trouvait sur le plancher, à l'endroit même où gisait auparavant le cadavre de Nadia Wilson. Il s'agissait d'une montre en or. Elle reposait sur sa face et tenait à un bracelet de cuir noir dont une des extrémités était rompue près du boîtier. En s'approchant, les policiers y lurent cette inscription : «*Donald Berger : un quart de siècle*»…

Le dernier regard

Jason Paré

Je voudrais gémir, cligner des yeux, bouger, faire quelque chose, n'importe quoi! Mais je suis mort. Mon corps est mort. Je ne vois que Samuel près de moi. Que pense-t-il de mon geste? J'ai été faible et, au lieu de faire face à la dure réalité, je me suis suicidé. Pourquoi? Il veut sûrement savoir pourquoi.

LUNDI LE 3
    « Le tueur en série que toute la presse a baptisé "l'arracheur d'yeux", parce qu'il garde les yeux de ses victimes en souvenir, a fait une nouvelle victime dans les rues de Val-d'Or, hier soir. La quatrième en deux mois…»

Debout au milieu du salon, Luc était rivé à l'écran du téléviseur.
    – Luc, il faut que je te parle…
    Annie était assise à l'indienne sur une des chaises de la cuisine. Elle déposa un livre de philosophie sur la table et souffla sur une mèche brune qui était tombée sur son

front. Luc tourna à peine la tête, le regard toujours braqué sur l'appareil.

— Une seconde, j'écoute les nouvelles...

L'adolescente de dix-neuf ans déplia les jambes, les reposant sur le sol, et tira sur le bas de sa chemise de nuit.

— C'est important...

Le jeune homme leva la main pour l'interrompre.

— Oui, mais ils parlent de l'arracheur d'yeux, je ne veux pas manquer ça...

Annie se leva, l'air grave.

— Ça a rapport avec nous deux...

— Ça sera pas long...

— Mais...

Silence.

«... la police reste sans réponse devant nos nombreuses questions. Même l'expert de Montréal s'abstient de faire des commentaires. Si nous découvrons le moindre indice au sujet de cette terrible affaire, nous vous le communiquerons dans les plus brefs délais...»

Déçu, Luc pivota sur lui-même.

— Bon, qu'est-ce qui...?

Elle n'était plus là.

— Annie?

Il marcha vers les chambres à coucher. À ce moment, il vit que Samuel était de retour.

— Mon Dieu! On arrive de bonne heure aujourd'hui! fit Luc d'un ton ironique.

— Oui..., se contenta de répondre Samuel, le visage impassible.

Luc reprit la direction du corridor tandis que Samuel, les paupières à demi fermées, l'observait.

MARDI LE 4

Luc dévisageait sa feuille d'examen, espérant que la note qui y apparaissait prendrait peur et quitterait la surface de papier pour qu'il puisse la remplacer par une autre, meilleure.

45 %...

Incroyable.

Le cours de littérature terminé, Luc attendit que la classe se vide et s'approcha du bureau d'Hélène, la jeune enseignante. Il brandit la feuille au bout de ses doigts comme une couche fraîchement utilisée.

– C'est une erreur...

Hélène se dressa à la hauteur de son élève et le regarda droit dans les yeux.

– Écoute, Luc... J'ai recorrigé trois fois ton examen pour tenter d'augmenter ta note, mais je suis désolée... Je ne sais pas ce que tu fais...

– Trois fois ? C'est une *joke*...

– Luc... Je t'avais prévenu que si tu continuais à manquer mes cours et à ne pas faire tes devoirs...

– Ben, je l'ai faite, le dernier...

Hélène rassembla ses livres et les glissa sous son bras.

– Malgré tout, c'est triste, mais tu ne passeras pas le cours. Désolée.

Hélène quitta la salle de classe tandis que Luc baissait la tête et considéra ses pieds qui le soutenaient difficilement.

MERCREDI LE 5

– Voulez-vous revérifier ? Je suis certain de l'avoir payé à temps !

Luc, d'un air ahuri, parlait au téléphone avec une préposée qu'il jugeait incompréhensive.

– Ah oui ! Merci beaucoup de me le dire maintenant !

Il fixait Samuel qui mangeait avec lenteur des frites noyées dans le ketchup.

– C'est parfait! Vous êtes juste en train de me ruiner! Tout va bien!

Il raccrocha avec force.

– Des problèmes?

Luc fusilla Samuel du regard et partit en direction des chambres.

– Le rêve! Annie?... Annie! T'as-tu mallé les lettres l'autre jour, quand t'as été en ville?

– Oui, celles qu'on avait déposées dans le panier, répondit une voix dans la pièce voisine.

– Y avait-tu mon compte payable à ma banque dans le tas?

– J'ai pas vérifié...

Luc réapparut dans la cuisine.

– Pis toé, l'as-tu vu, mon compte?

– Non...

Samuel prit son verre d'eau et se rafraîchit le gosier, remarquant avec tristesse que son assiette était vide.

JEUDI LE 6

Quand Luc arriva à l'appartement, ce soir-là, il déposa ses clés sur la petite table de l'entrée. Annie l'attendait, bien assise sur le divan.

– Luc, viens ici.

L'air de la jeune fille était triste et Luc craignait le pire.

– Ça peut plus continuer comme ça. Il faut... qu'on... que je te parle.

Luc s'installa dans le fauteuil, face à elle. Il resta silencieux tandis qu'elle poursuivait:

– On... J'ai besoin d'une pause, Luc.

L'expression qu'affichait le visage affligé de Luc était un point d'interrogation.

– Je ne suis plus sûre de t'aimer... comme avant...

Le tic-tac répétitif de l'horloge déchirait la lourdeur de l'atmosphère qui régnait. Luc pouvait à peine respirer.

– C'est fini...

C'était ce qu'il redoutait. Il ne dit rien, pas un seul mot, se contentant de fixer le vide, le néant que devenait son existence.

Annie se leva, n'insistant pas.

Lentement, la vue de Luc se brouilla.

VENDREDI LE 7

C'était un soir pluvieux. D'épais nuages avaient envahi le ciel et quelques-uns avaient trouvé le chemin de l'esprit torturé de Luc qui regardait par la fenêtre. Pour se changer les idées, il voulut aller au cinéma. Il pensa s'y rendre avec Samuel, mais ne le trouva pas. Il enfila son imperméable et quitta l'appartement.

À l'extérieur, les gens, petites silhouettes furtives dans la nuit noire, se sauvaient du mauvais temps comme de minuscules fourmis fuyant l'arrivée bruyante d'un gêneur. Les grosses gouttes de pluie s'écrasaient sur l'imperméable de Luc dans un concert de claquettes. Enfin, il arriva devant le Capitol et il entra en poussant un soupir de soulagement.

Il secoua son manteau complètement trempé et regarda quels films étaient à l'affiche. Ce fut *Le Dernier Regard* qui l'emporta. Un thriller. Il adorait les thrillers.

Son billet acheté et déchiré, il se rendit sans attendre dans la salle 3 et prit un siège. Il déposa son imperméable près de lui. Le film commençait.

Pendant le visionnement, Luc remarqua, avec un pincement au cœur, deux amants s'embrassant goulûment non loin de lui. Le souvenir amer de la rupture monta en lui. Perdue dans les plus sombres parties de son âme, une image d'un lointain passé ressurgit. Une image que sa mémoire avait tenté d'étouffer, mais qui revenait soudain à la vie. Une image qui avait été refoulée, en vain…

🌲

Il se revit dix ans plus tôt, dans sa ville natale, jouant dehors avec sa sœur cadette de huit ans. Un an de moins que lui. Julie. Sur les trottoirs, les rues et les maisons, un dangereux verglas s'était répandu. Les arbres se courbaient sous le poids de la glace. Les deux enfants s'amusaient devant la résidence familiale à glisser sur l'eau gelée qui recouvrait le ciment du trottoir. Et ils glissaient, glissaient… Pour rire, Julie lui avait fait un croc-en-jambe. Luc s'était étalé de tout son long. La colère était montée en lui et il avait bousculé sa sœur avec violence. Elle avait glissé, longtemps, jusque dans la rue. Une vieille Chevrolet qui passait à ce moment n'avait pu l'éviter. Les roues de la lourde voiture avaient écrasé lentement la fillette qui, hurlant, regardait son frère horrifié. Tandis que son torse était broyé et que du sang coulait de sa bouche, Julie avait fixé Luc droit dans les yeux. Des yeux insistants… Des yeux… accusateurs.

Elle était morte sur le coup.

Quelques semaines après l'enterrement, Samuel était apparu dans sa vie. Ils étaient devenus les meilleurs amis du monde et, lentement, Luc avait oublié sa sœur.

Il y avait deux mois, il était tombé amoureux d'Annie et avait perdu peu à peu l'amitié de Samuel au profit de sa relation de couple. Maintenant, il les avait perdus tous les deux.

Cette pensée le troubla à un tel point qu'il se mit à sangloter.

🌲

Les deux amants avaient cessé de s'embrasser. La jeune femme se leva soudain et passa près de lui. Luc arrêta de respirer. C'était Annie! Annie aimait quelqu'un d'autre! Il jeta un coup d'œil au nouveau copain de son ex. Atteint d'un vertige incroyable, il reconnut son ami Samuel! Ce fut plus qu'il ne pouvait en supporter. Il partit à la poursuite d'Annie.

Une rage folle s'était emparée de lui, lui faisant perdre totalement conscience de la réalité. Le noir absolu.

Il revint dans la salle de projection. Annie et Samuel n'y étaient plus. Il reprit son manteau et quitta le Capitol sans plus tarder. Pendant qu'il marchait sur le trottoir, retournant chez lui, une sirène retentit, puis une deuxième. Une ambulance passa à vive allure. Luc la suivit du regard et vit qu'elle s'arrêtait devant le cinéma. Il rejoignit les badauds qui commençaient à s'attrouper.

La police, qui venait d'arriver, tenta de les faire reculer.

— Mais qu'est-ce qui se passe? demanda un homme.

Un employé du cinéma s'approcha de lui.

— Il paraît qu'il y a eu un meurtre...

Il baissa la voix, mais Luc réussit tout de même à comprendre ses paroles malgré le tapage qu'occasionnait tout ce remue-ménage.

— L'arracheur d'yeux...

Luc recula d'un pas, décontenancé. Ici, dans ce cinéma, l'arracheur d'yeux! Et dire qu'Annie s'y trouvait! Annie... Luc se retrouva devant un gouffre sombre et profond. Il ne se souvenait plus s'il avait finalement rejoint Annie ou non quand elle était sortie de la salle. Lui avait-il parlé?

Les ambulanciers sortirent de l'établissement la civière vide. Ils devaient attendre le coroner.
Luc essaya de se frayer un chemin pour connaître
l'identité de la victime. Le détective Jacques Lanoue l'en
empêcha.

– Désolé !
– Mais j'ai une amie que je viens chercher...
– Personne n'entre, personne ne sort.
– Mais...
– Circulez ! Allez, circulez !

Luc, inquiet, abandonna et prit la direction de son
logement, cherchant à combler l'étrange trou de mémoire qui l'accablait. Un filet de morve coulant de son
nez le tira bientôt de sa torpeur. Il chercha un mouchoir
dans ses poches. Ses doigts effleurèrent quelque chose
de chaud et humide, qu'il retira de son manteau. C'était
un mouchoir, mais quelque chose était enveloppé à
l'intérieur. Il l'ouvrit délicatement. Une nausée s'empara
de lui. Il venait de découvrir une paire d'yeux sangui-
nolents.

Ils étaient bleus comme ceux d'Annie.

Ce fut comme si le monde s'effondrait autour de lui.

Annie arrêta de l'embrasser. Elle se leva pour aller
pisser et un jeune homme partit à sa suite.

Samuel savait que Luc l'avait vu et il attendit que
celui-ci quitte la salle de cinéma. Il se dirigea sans aucune hésitation vers les toilettes des dames. Il devait se
débarrasser d'Annie. C'était à cause d'elle qu'il avait
perdu son meilleur ami, Luc.

À l'intérieur, il trouva Annie se lavant les mains dans
un lavabo.

– Mais qu'est-ce que tu fais là ?

Samuel vérifia s'ils étaient bien seuls.

– Mais vas-tu me répondre ? C'est les toilettes des femmes, icite, je te le rappelle.

Sans prévenir, Samuel sauta à la gorge d'Annie et commença à l'étrangler. Il l'entraîna dans une cabine, au cas où quelqu'un viendrait les surprendre.

Annie ne pouvant pas hurler, elle se débattit, mais Samuel la tenait fortement appuyée contre le mur du fond. Il faisait tout pour qu'elle le regarde droit dans les yeux, savourant les derniers moments de sa victime en essayant de lire dans son regard quelque chose de particulier. Cherchant à y retrouver la culpabilité qu'il avait déjà ressentie auparavant, la première fois qu'il avait tué quelqu'un. Cela remontait à une dizaine d'années. Il avait tué sa sœur ou celle de…

– Luc, réussit à dire Annie avant de perdre conscience.

Troublé, Samuel lâcha sa victime. Pourquoi l'avait-elle appelé Luc ? Ce n'était sûrement rien, elle l'appelait peut-être pour qu'il vienne à son secours. Samuel ricana à cette idée.

Il sortit sa petite cuillère de la poche arrière de son pantalon et cueillit les yeux d'Annie.

Samuel s'aperçut que du sang engluait ses mains. Il se dirigea vers les lavabos pour les nettoyer. Arrivant devant le miroir, il regarda son reflet.

Luc le fixait droit dans les yeux.

Je voudrais hurler, le plus fort possible. Je m'arracherais les poumons pour pouvoir faire seulement sortir un gargouillis de ma bouche. Samuel ! Le crisse d'écœurant ! Me faire ça, à moi ! Et Annie… Je me concentre fort, fixant du regard la cuillère qui s'approche de mes yeux. Je me vois, sans vie, dans le reflet métallique de l'instrument. Mais je suis conscient... Soudain, un hurlement déchire l'air et quelque chose stoppe la main de Samuel. Ce n'est pas moi qui hurle, mais lui. Il est paralysé, ne pouvant plus faire un geste. C'est avec un plaisir morbide que je vois la stupeur qui se dessine sur son visage quand la cuillère se retourne contre lui et que, de ses mains tremblantes, il s'arrache un œil, lequel continue de se balancer au bout du nerf qui le rattache encore à sa tête. Et quelle tête il fait! Si je le pouvais, je rirais. C'est avec un bonheur indescriptible que je le vois faire la même chose avec l'autre.

Puis une peur profonde m'envahit : tout devient sombre autour de moi.

Partie de pêche

Jaquy Lamps

Dans un silence tendant vers l'absolu, les yeux de
tous les convives sont rivés à la cuillère que les doigts de
ma main droite tournent machinalement dans ma tasse
de chocolat. Métal contre faïence, le rythme a dompté le
brouhaha brouillon de la joie qui s'exprimait. Je me sens
dans mes petits souliers. Ici, je ne suis qu'une Française
anonyme, sauf pour ma fille Lucie. Ses amis ont voulu
m'offrir une journée de pêche sur la glace, activité
totalement inconnue pour moi qui n'ai jamais tenu une
canne de ma vie !

Quand notre quota est atteint, notre hôte pavoise et
il a bien raison ! C'est un pêcheur avisé qui connaît son
lac comme sa poche. Cabane et lignes placées au bon
endroit, surveillance attentive des trous : les poissons,
affamés en cette fin d'hiver, se sont jetés sur les appâts.
Ils vont bientôt participer à notre repas du soir, au centre
de nos assiettes. La froidure s'est imposée comme la nuit
tombait. Avant de préparer le souper, nous nous sommes
assis devant des breuvages chauds. Trop chauds : nous
devons attendre un peu. Des photos sortent des tiroirs,
prises à la chasse, à la pêche, en randonnée de

motoneige. Les clichés circulent de l'un à l'autre, accompagnés de brefs commentaires. Brutalement frappée au plexus, je reste figée quelques instants devant l'un d'eux, mais, tel un automate, je le glisse à mon voisin. Une avalanche de souvenirs enfouis depuis des décennies déboule de ma mémoire.

À la fin des années trente, la guerre éclate entre la France et l'Allemagne. Finies les balades en vélo pour notre joyeuse bande ! Finis les dimanches et les congés payés dans les auberges de jeunesse. Finie la danse dans les guinguettes, finis les incidents entre les deux garçons qui me poursuivaient de leurs avances : le ténébreux Paul au regard lourd et pénétrant, le discret et timide Lucien, pour lequel j'avais une nette préférence non explicite. Paul l'avait probablement deviné, car il avait commencé à toiser Lucien d'une drôle de façon. À plusieurs reprises, les deux rivaux avaient échangé d'aigres remarques. Ils s'étaient dévisagés d'un air agressif comme deux coqs dressés sur leurs ergots. Des plaisanteries avaient fusé. Paul m'avait alors fixée d'une manière qui m'avait fait frissonner.

L'exode avait poussé les habitants du Nord sur les routes du Sud. Nous avions embarqué dans notre camion la famille de ma copine Maria. Au bout de six mois d'occupation ennemie, nous n'avions d'autre solution que le retour à notre point de départ. Les vandales et pillards de tout acabit s'étaient abattus sur nos maisons comme des corbeaux sur la charogne. Les chars à la croix gammée contrôlaient les carrefours. Les états-majors de leur armée s'étaient installés dans les meilleurs immeubles en chassant les occupants. La Gestapo, la police secrète, régnait sur une ville déjà mutilée par les premiers bombardements, qui avaient eu lieu dès septembre 1940.

Un midi, alors que nous sortions des cours, une fille du lycée avait été sauvagement arrêtée à quelques pas de nous : elle n'était pas descendue du trottoir pour céder le haut du pavé à un officier allemand. Maria et moi, ulcérées par cette cruauté, par l'invasion, par les pamphlets incitant à la délation, par la haine répandue, n'avions pas tardé à rejoindre les rangs de la Résistance. Je faisais équipe avec elle. Faux noms, faux papiers. Nous transportions des journaux pour informer les combattants clandestins qui coupaient les voies de communication. La rivière Somme servait de ligne de démarcation entre la zone occupée et la zone interdite. Nous essayions d'en faciliter la traversée à d'autres camarades. Nous avions appris indirectement que la plupart des membres de notre ancien groupe s'étaient aussi engagés dans la lutte, chacun de leur côté. Nous n'avions pas cherché à en savoir plus. Question de sécurité.

– Ça ne va pas, Janine ? N'avez-vous plus envie de votre chocolat ?

L'hôtesse vient de me ramener dans le cercle des invités. Assise en face de moi, Lucie, à qui je rends visite pour la première fois depuis qu'elle s'est établie au Québec, a des yeux interrogateurs.

– Juste un peu de fatigue, à cause du grand air !

J'avale ma boisson en lui trouvant un goût de cendre. Les clichés sont maintenant négligemment posés sur le coin de la table et je n'ose pas tendre la main pour les prendre de nouveau. J'essaie d'être utile et propose d'apprêter l'une des salades. Mais les visages et les regards d'alors flottent, diaphanes, et se mêlent à ceux qui, autour de moi, prouvent la réalité du soleil de l'après-midi. Paul, Lucien, Maria.... Les rires et les commentaires de chaque côté de la table.... Le sourire de Maria, l'amour de Lucien, le regard de Paul.

Pour être plus efficaces, les divers et minuscules réseaux, qui avaient jailli spontanément, devaient se rassembler et unir leurs forces. Je fus convoquée chez le responsable local de l'initiative de regroupement. Je sus que Paul était devenu son adjoint. Ma nouvelle mission consistait à contacter Lucien et à lui indiquer un lieu de rencontre, pour une coordination des actions envisagées par les multiples organisations. Personne ne devait gêner quiconque, dans cette guérilla de l'ombre. Trouver Lucien n'était pas difficile : nous nous étions mariés dans la plus stricte intimité, mais appartenions à deux sections de combat différentes. Le message fut vite livré.

À l'heure précise, Maria arriva en même temps que moi au rendez-vous, dans un parc d'un quartier tranquille. Nous avions l'air de deux amies qui se rejoignent pour profiter ensemble d'une journée automnale. Rapide coup d'œil à la montre. La règle impérative était de ne pas attendre plus de cinq minutes, afin de ne pas éveiller de dangereux soupçons. On s'embrasse, on rit, on se montre les bicyclettes avec fierté. À cent mètres de nous, une traction avant Citroën noire venait de s'immobiliser, déclenchant immédiatement une alarme intérieure. Mon cœur se mit à cogner. C'étaient habituellement les véhicules utilisés par la Gestapo ! Je paniquai : dans la botte de poireaux arrimée sur mon porte-bagages étaient ficelées plusieurs centaines de tickets d'alimentation et de charbon que je devais apporter au prochain village, pour ceux qui aidaient les clandestins.

Quelque chose avait dû se produire : les autres n'étaient pas là ! La montre indiquait cinq minutes et dix secondes de plus ! Déjà ! « Lucien, mon Lucien, que fais-tu ? Pas possible de demeurer plus longtemps : les occupants de la voiture n'auraient plus le moindre doute. » La mort dans l'âme, Maria et moi avions poursuivi notre chemin, comme le prévoyait notre mission de ravitaillement.

Je ne devais jamais revoir Lucien. Arrêté ce jour-là, et fusillé le lendemain à la prison où il était incarcéré, il ne connut pas cette fille qui discute avec animation d'une partie de pêche et qui a, parfois, la même timidité discrète. Son nom est gravé sur le monument aux morts, ainsi que ceux de Paul et de son chef. Après de douloureuses années de deuil, le temps avait amenuisé ma souffrance et ma peine.

Mais à présent, au bord de ce rivage d'Abitibi, je ramène dans ma nasse une proie tout à fait imprévue. Prise de court, j'en ai encore la gorge serrée. Enfin, j'allonge le bras et je ramasse cette image où le maître de maison pose à la chasse avec un homme de mon âge.

– Ah ! tenez, Janine, un de vos anciens compatriotes ! Il s'appelle Jean Durand. Disons plutôt que ce monsieur est d'origine française, mais qu'il vit aux États-Unis depuis la fin de la guerre et qu'il vient ici chaque année au printemps, pour tuer son ours, précise aussitôt mon hôte.

Malgré les rides et les années, ce chasseur a des traits qui ne me sont pas inconnus. Et il affiche le regard de Paul.

La lente attente de la tante

Anne-Michèle Lévesque

À son habitude, Luce Berger toqua légèrement à la porte de l'appartement de la rue Lalonde. Puis, sans attendre, elle introduisit la clé dans la serrure et entra chez sa marraine.

— Bonjour! C'est moi! Je fais le facteur!

Une demoiselle aux cheveux poudrés s'avança lentement vers elle en souriant. Luce tendit une lettre et deux dépliants publicitaires que le facteur lui avait remis pour sa tante quelques minutes auparavant.

Mariette prit le courrier et le mit sur une petite table sur laquelle le téléphone était posé, tandis que sa filleule enlevait bottes et manteau, tout en bavardant à perdre haleine.

— Comment ça va? Tu sais qu'il fait un froid sibérien? Le mercure marquait trente sous zéro, ce matin! Tu en as, de la chance, de ne pas être obligée de sortir! Mais dis donc, toi, je te trouve bien pâle. Tu devrais consulter.

Sans répondre directement, la vieille demoiselle l'invita:

— Viens à la cuisine, j'ai fait du thé.

C'était là un rite sacro-saint auquel nul ne pouvait déroger. Le thé occupait une place d'importance dans la vie de Mariette, qui ne concevait pas qu'on puisse lui rendre visite sans avaler au moins quelques lampées du liquide ambré. Elle prit deux tasses de fine porcelaine dans l'armoire, versa le thé et, d'un signe de tête, invita sa nièce à boire.

Le rituel terminé, les deux femmes passèrent au salon. Mariette s'installa dans un fauteuil, ajusta ses verres sur le bout de son nez et prit son tricot.

Luce l'avait toujours vue comme ça, les mains occupées à manier les brins de laine dans de savants croisements. Tandis que Mariette penchait la tête sur son ouvrage, sa filleule revint à la charge.

– Si tu veux, je m'occupe de te faire avoir un rendez-vous avant de partir pour le Mexique. Je vais appeler à la clinique des Pins. Comme ça, tu n'auras pas loin à marcher.

Sans changer le rythme rapide des aiguilles, Mariette se laissait bercer par le flot de mots. À vrai dire, elle ne se sentait vraiment pas bien depuis quelque temps. Aussi céda-t-elle aux instances de sa nièce, malgré sa répugnance à parler de ses malaises.

C'est ainsi que, dix jours plus tard, elle se retrouvait dans la salle d'attente du docteur Boisvert. Un excellent médecin, selon Luce.

– En plus d'être bon, il est beau comme un dieu !

Une boutade qui avait fait sourire la vieille demoiselle malgré sa pruderie. Heureusement, sa nièce avait un bon mari. Et bientôt viendrait un petit-neveu ou une petite-nièce.

Pendant qu'elle attendait son tour, les aiguilles de son éternel tricot tissaient la douce laine destinée au bébé tandis que ses pensées s'envolaient vers cette filleule tendrement élevée après la mort tragique de sa sœur et de son beau-frère.

Devenue jeune fille, puis jeune femme, Luce avait continué de visiter sa tante régulièrement et de s'inquiéter de la santé de sa marraine, parfois un peu trop au goût de cette dernière.

On l'introduisit dans le cabinet. Assise devant le praticien et très intimidée, la vieille demoiselle bafouilla et finit par balbutier la raison qui l'avait amenée à consulter.

Le médecin chez qui sa nièce l'avait envoyée était consciencieux. Mais, jeune, il ne connaissait rien aux vieilles demoiselles timides. Et timide, celle qui se trouvait devant lui l'était incontestablement.

Il tenta, par des questions qu'il croyait délicates et qu'elle jugea hardies, d'obtenir plus de précisions. Peine perdue. Mme Cloutier avait réussi à faire état de son problème. Il ne fallait pas lui en demander plus. Il faudrait donc, à partir des maigres données qu'il possédait, lui faire subir des examens afin de pouvoir poser son diagnostic.

Suivant la procédure du Centre hospitalier de Val-d'Or, il compléta une demande qu'il remit à sa secrétaire pour qu'elle l'achemine au service de radiologie. L'hôpital fixerait une date et communiquerait avec sa patiente.

– Vous pouvez rentrer chez vous, mademoiselle ; on vous téléphonera.

Ce qui, pour le médecin, était de la routine, Mariette le perçut presque comme une fin de non-recevoir. Quoique déçue du résultat de la consultation, elle se leva, docile. Trop timide pour insister sur la gravité de son malaise, elle se retrouva dans la rue, complètement désemparée. Elle attendrait. Elle n'avait guère le choix.

Et elle attendit. Jour après jour. Le téléphone restait muet.

De retour du Mexique, Luce passa en coup de vent :

– Alors, quelles nouvelles ?

Rien, il n'y avait rien. Un matin, Luce décida de téléphoner avant de partir pour le bureau. Mais c'était un jour à problèmes : du café renversé, une blouse à repasser, un bouton à recoudre. Elle partit au travail en vitesse, se promettant de passer chez sa tante avant de revenir à la maison. Elle trouva sa marraine tricotant, à son habitude.

– L'hôpital n'a toujours pas téléphoné ?

– Non.

Mais pourquoi la convocation tardait-elle autant ? Il est vrai que les listes d'attente étaient longues...

Le lendemain, Luce dut partir à la hâte pour Montréal. Elle décida de téléphoner de l'aéroport, mais elle arriva juste à temps pour l'embarquement. Pestant, la jeune femme monta à bord de l'avion, se promettant d'effectuer des vérifications dès son retour.

À Montréal, elle fut prise dans un tourbillon d'activités qui se prolongeaient fort avant dans la soirée. Quand elle regagnait sa chambre, il était beaucoup trop tard pour téléphoner à Mariette.

Sitôt descendue de l'avion, elle se rua dans une cabine téléphonique. Une sonnerie..., une autre... Pas de réponse. Subitement, la tonalité normale vint interrompre la communication, comme si on avait raccroché à l'autre bout.

Très inquiète, Luce prit sa valise sur le carrousel, sortit rapidement de l'aérogare et monta dans un taxi. Au chauffeur, elle donna l'adresse de sa marraine. Elle en aurait le cœur net !

Pendant le court trajet, elle tenta en vain de se raisonner. Combien de fois sa tante ne lui avait-elle pas dit qu'elle s'en faisait beaucoup trop !

– Occupe-toi de me faire un beau petit bébé, je me charge du reste. Regarde, j'ai fini un petit chandail...

Valise en main, elle monta les deux étages et, un peu essoufflée, se servit de sa clé pour entrer.

Recroquevillée dans un fauteuil placé près du téléphone, sa tante semblait dormir. Soulagée, Luce sourit et s'approcha doucement.

Mariette était morte.

Sur ses genoux, une lettre était posée :

Madame,
Malgré de nombreux rappels, vous n'avez toujours pas payé votre note de téléphone. Nous nous voyons donc dans l'obligation de procéder à une interruption de service...

Le zélé

Les chroniques policières
de Gilles Massicotte

Le constable Kevin Manach avait bien changé. Déjà, il était estimé autant par ses confrères que par ses concitoyens. Toujours courtois, il était un modèle à suivre. Son point fort : la communication. Il répondait toujours aux appels avec diligence. Quand il le pouvait, il se plaisait à visiter les quartiers résidentiels pour développer des contacts avec les citoyens, ainsi que pour dispenser des conseils de tout genre. Son seul point faible : il répugnait à donner des contraventions, préférant s'en tenir à un avertissement.

Son épouse et lui avaient une vie très active. Leur présence était recherchée dans toutes sortes d'activités d'ordre social ou culturel.

Avoir des enfants ? Ils auraient bien aimé. Mais toutes leurs tentatives s'étaient avérées vaines. De guerre lasse, ils avaient jeté leur dévolu sur la progéniture du voisinage. Ils étaient particulièrement attachés aux enfants de leurs amis, les Gamache, qui, de leur côté, les appelaient affectueusement « tante Julie » et « oncle Kevin ».

Sportif invétéré, le policier excellait dans toutes les disciplines qu'il pratiquait. Toujours actif, il ne connaissait pas de saison morte. Il maniait la canne à pêche le printemps, la batte de base-ball l'été, la carabine l'automne et le bâton de hockey l'hiver. Il participait aux tournois, collectionnait les trophées.

Manach avait aussi un rêve : depuis longtemps, il ambitionnait de devenir détective et, pour se tenir continuellement au fait des nouvelles techniques, se plaisait à côtoyer les enquêteurs du département. D'ailleurs, il avait été le dernier policier à avoir quitté Donald Berger le soir de son party.

C'était au bar du motel *L'Escale* :

– Il faut que j'y aille, Donald. Je travaille demain.

Le nez dans son verre, Berger avait protesté.

– Laisse-moi pas tomber, Kevin ! Il reste plus personne de la *gang*.

– Désolé, mon vieux. Il faut vraiment que je parte.

Le lendemain, Berger était arrêté pour homicide.

Aurait-il pu changer le cours des événements s'il était resté auprès de son copain ce soir-là ? Manach se le demandait sans cesse. Il se culpabilisait, mais n'en soufflait mot à personne. Heureusement pour lui, les activités auxquelles il s'adonnait lui offraient moult occasions de chasser de son esprit cette douloureuse pensée.

Mais, un jour, tout avait chaviré.

L'agent Manach était en devoir et circulait en direction de Colombière sur la route 117 quand il avait reçu un appel du répartiteur.

– Kevin ! Il vient de se produire un accident grave sur la route 111, juste à la limite de notre territoire. J'envoie aussi les pompiers.

– J'y vais ! Maudit ! Je suis à l'autre bout de la ville.

Il avait freiné brusquement pour faire demi-tour, avait actionné sirène et gyrophare et s'était dirigé à toute allure vers les lieux désignés. À son arrivée, les pompiers s'affairaient déjà à circonscrire l'incendie qui s'était déclaré dans une unité d'un motel.

Un piéton qui avait tout vu lui avait relaté :
– J'ai entendu un bruit, comme celui d'un pneu qui éclate. Je me suis retourné pour voir un véhicule qui circulait à grande vitesse faire une embardée dans la courbe et aller percuter l'immeuble en bordure du chemin. Le bolide a défoncé le mur et s'est engouffré complètement à l'intérieur. Il y a eu une explosion, puis le feu.

Le témoin avait continué :
– J'ai entendu des cris de détresse provenant des flammes. Ça n'a pas duré longtemps, mais je m'en souviendrai le restant de ma vie, tellement ces hurlements étaient terrifiants.

Une fois l'incendie maîtrisé, le policier avait procédé à l'inspection des lieux. L'automobile, une Mustang, avait complètement brûlé. Le visage du constable s'était transformé en grimace lorsqu'il avait jeté un premier regard à l'intérieur de l'habitacle : deux corps calcinés, les moignons levés, gisaient sur la banquette avant.

Manach avait eu un haut-le-cœur lorsqu'il avait trouvé un troisième cadavre coincé entre le mur du fond et le devant du véhicule. N'en pouvant plus, il s'était précipité à l'extérieur. Ployé sur lui-même, il se tenait le ventre à deux mains tandis que tout son corps semblait vouloir cracher ses tripes. Il salivait, ses yeux se mouillaient, sa respiration devenait saccadée, son cœur palpitait. Tout son être protestait contre l'horreur de la scène.

Après avoir repris ses sens, le constable avait finalement vérifié la plaque numéralogique de l'auto. Le numéro d'immatriculation étant encore lisible, il avait demandé au répartiteur de lui fournir l'identité du propriétaire. La réponse n'avait pas tardé :

– Christopher Gamache…

Manach était devenu blême.

– Pas Christopher! Pas Christopher!

Il avait fermé les yeux, devinant à coup sûr qui se trouvait avec le fils de son voisin dans ce qui était devenu un tombeau de fer: sa jeune sœur Claudie.

L'unique occupant de la chambre éventrée avait été rapidement identifié grâce au registre du motel: un commis-voyageur qui devait prendre sa retraite le mois suivant.

Dans son rapport, le policier avait précisé que l'accident était attribuable à une perte de contrôle à la suite d'une crevaison à une vitesse excessive. Plus tard, il avait appris qu'une analyse du sang du conducteur avait révélé une alcoolémie élevée.

Aux funérailles, Manach avait pleuré à chaudes larmes. Il les aimait tellement, ces adolescents! Il en avait passé, du temps, avec eux, et cela depuis leur tout jeune âge. Il les avait vus grandir, les avait gardés, gâtés, conseillés et protégés.

Depuis, Manach s'était renfermé en lui-même, avait coupé court à toutes ses relations mondaines. Au travail, il était intraitable. Il épiait, pourchassait, traquait, accusait tout ce qui avait un volant dans les mains et un verre dans le nez. Il ne tolérait plus rien. Les voisins, les amis, tous y passaient. On le soupçonnait même de falsifier les résultats de l'alcootest.

– Maudit chien! disait-on à la ronde. Il ne donne de chance à personne.

Il perdit l'estime de tous. Ne pouvant plus supporter son caractère colérique, sa femme le quitta.

Kevin Manach continuait impitoyablement sa lutte contre la vie, contre les vivants, mais les mêmes fantômes hantaient continuellement ses nuits: Christopher, Claudie et un parfait inconnu, encerclés d'une boule de feu, se tordant et hurlant de douleur.

Il se réveillait toujours en nage. Chaque fois, le même son strident sortait de sa gorge :

– NON !

Il n'en pouvait plus, mais était incapable d'avouer à qui que ce soit ce qui le troublait : le soir de l'accident des Gamache, il les avait interceptés. Il avait vu une caisse de bière sur la banquette arrière de la voiture, et Christopher sentait l'alcool.

Il lui avait donné sa chance…

Dans une assiette de pâtes

Jason Paré

Il avait tué tout le monde ! Tout le monde !
Hélène pleurait en silence. Cachée derrière le mur
d'un îlot de la salle à manger, elle avait sous les yeux le
spectacle d'un homme couché sur la table où il avait
mangé avant d'être abattu. Du vin dégouttait sur le tapis
à ses pieds, créant un tambourinement régulier qui commençait sérieusement à taper sur les nerfs de la jeune
enseignante.

🎄

Hélène termina son cours de littérature quelques
minutes plus tôt qu'à l'accoutumée. Ce n'étaient sûrement pas les étudiants qui allaient s'en plaindre.
François, son petit ami, avait téléphoné ce matin : il voulait dîner avec elle. Il avait une nouvelle importante à lui
annoncer. Elle avait essayé de lui soutirer un quelconque
indice sur la raison de ce rendez-vous mystérieux, mais
rien à faire, il adorait la faire languir.
Elle avait choisi le *Mike's* comme lieu de rencontre
et c'était à midi qu'ils devaient se rejoindre. Elle regarda

sa montre : 11 h 57. Elle quitta le cégep précipitamment, ne prenant même pas le temps d'enfiler son manteau, mais le glissant tout simplement sous son bras. Le centre-ville n'était qu'à deux coins de rue de là.

🌲

L'homme au long imperméable noir marchait d'un pas décidé. Le visage crispé, les muscles bandés, le regard droit devant. Il ne se préoccupait pas du défilé qui se déroulait dans la 3e Avenue, des majorettes en petite jupe verte et des grosses caisses qui faisaient vibrer les vitrines des commerces avoisinants. Une main sous son pardessus, l'autre bousculant les gens qui lui barraient la route, il avançait et rien n'aurait pu l'arrêter. Un mur de briques se serait dressé, il aurait passé au travers sans sourciller. D'une allure implacable, il savait où il allait et ce qui s'y passerait.

Il allait prendre sa revanche pour tout ce qu'il avait subi. Quelqu'un devait payer. « Pourquoi eux ? » me demandera-t-on. « Pourquoi les autres ? répondrai-je. La vie est injuste, je ne le sais que trop bien, et je veux m'assurer que tout le monde s'en apercevra. »

Aucun motif précis. Il aurait pu choisir une école, un centre commercial, n'importe quoi ! « La seule chose que je veux, c'est punir les gens de leur apathie. Cette même apathie dont on a fait montre envers moi. On a refusé de me venir en aide, une aide qui s'avérait indispensable. On se fiche entièrement de détruire ma vie. C'est de leur faute, la société au grand complet. Elle doit payer. »

Finalement, ce serait elle, la véritable coupable, ce serait elle qui presserait la gâchette, pas lui. L'homme ne serait que le bras tenant l'arme, le bourreau exécutant la sentence.

Enfin, il atteignit le *Mike's*, ouvrit la porte et s'engouffra dans le restaurant.

Hélène attendait tranquillement l'arrivée de François quand l'homme était entré et s'était mis à tirer sur la foule à l'aide d'un fusil de chasse qu'il avait caché sous son manteau. Hurlements, sanglots et sang s'étaient ensuivis et, depuis, l'homme était resté dans le restaurant. Il se promenait de long en large et Hélène craignait que ce soit pour vérifier s'il avait bien massacré tous les gens qui s'y trouvaient.

L'homme qui gisait sur la table dans son assiette de pâtes commença tout à coup à gémir, s'obstinant contre la mort. Il leva la tête, du spaghetti lui dégoulinant du visage. Son regard horrifié balaya la pièce rapidement, cherchant peut-être quelque chose pour le réconforter. Il se posa sur Hélène. Le malheureux écarquilla les yeux et poursuivit ses lamentations de plus belle. On aurait dit un porc qu'on égorge.

Malgré le regard implorant que le malheureux lui adressait, Hélène était figée. Elle voulait qu'il se taise à tout prix.

Le meurtrier se mit à marcher dans leur direction. Hélène faisait signe au blessé de la boucler, mais rien à faire, il faisait tout pour se faire tuer.

Soudain, une détonation retentit et la force du bruit fit crier de surprise la pauvre Hélène. La tête de l'homme explosa comme une pastèque. Aspergée de bouts de cervelle et de sang gluant, aveuglée par des débris de matière grise, Hélène se mit à paniquer. Il l'avait entendue crier… Elle était certaine que le tueur l'avait entendue crier !

Pas un son ne dénonça la présence du forcené. Pourquoi ne bougeait-il plus ? Il n'allait tout de même pas demeurer sur place tout le reste de la journée !

Puis, horreur! l'homme se remit à marcher dans sa direction. Il s'approchait, s'approchait... Bientôt, il serait à sa hauteur et lui ferait éclater la tête aussi. Elle était sur le point de hurler quand un pan d'imperméable fouetta le muret tout près. Il venait de passer juste à côté sans la remarquer. L'homme s'arrêta au bar, retira son manteau et se servit à boire.

Comme si ce n'était pas assez, elle vit François passer devant la vitrine teintée du restaurant. Il venait la rejoindre! Hélène n'en pouvait plus. Il fallait qu'elle réagisse, mais comment?

Désespérée, elle se risqua à ramper vers la porte d'entrée, se glissant entre les nombreux cadavres qui jonchaient le sol. Elle arrêta et écouta. L'assassin ne l'avait pas vue. Elle allait se remettre à avancer quand la clochette de la porte se fit cruellement entendre. Aussitôt, l'assassin se mit à courir vers la sortie, prenant son fusil à deux mains. Terrifiée, Hélène se leva, dévoilant sa présence, pour crier à son ami de foutre le camp. Elle n'eut le temps que de voir le canon pointé sur la poitrine de François avant de trébucher sur la dépouille d'une vieille dame au ventre défoncé. C'est à ce moment qu'une autre détonation déchira l'air.

Repliée sur elle-même, accroupie sur le plancher, Hélène ne bougeait plus, paralysée de terreur. Elle ne pleurait pas, ne respirait pas. Ses dents étaient serrées, ses yeux étaient clos et ses bras couvraient son abdomen crispé d'horreur.

— Monsieur, vous n'êtes pas blessé? demanda une voix qu'elle ne connaissait pas.

— Non... Mais qu'est-ce qui s'est passé ici, pour l'amour...? fit une autre voix, celle-ci familière. Seigneur! Hélène? Hélène? Où est... Hélène? Faites qu'elle ne soit pas...

Une main se posa sur son épaule, chaude, réconfortante. Hélène se raidit. Quelqu'un se pencha sur elle et lui prit le visage entre les mains.

– Hélène ? C'est moi, François…

François ? Son petit ami ? François… Elle regarda : c'était bien lui. Il l'aida à se relever. Le meurtrier était couché sur le sol, une main encore fermée sur la crosse de son arme.

Elle était incapable de réagir. Un homme habillé en cuisinier, tenant un revolver à la main, s'approcha d'eux.

– Vous allez bien ? bafouilla-t-il, encore sous le choc de ce qui venait d'arriver, de ce qu'il venait de faire.

Le tueur sanguinaire se redressa soudain en hurlant, braqua son calibre 12 sur le cuisinier et fit feu. Le cuistot fut projeté à travers la vitrine du restaurant, se retrouvant sur le trottoir où hurlèrent des passants.

Sans même réfléchir, Hélène prit un couteau à beurre qui était dans une assiette près d'elle et l'enfonça profondément dans l'œil droit de l'enragé. Celui-ci chancela un instant. De l'écume s'écoulait de ses lèvres retroussées par l'atroce souffrance et une larme écarlate glissa sur sa joue. Puis il retomba lourdement sur une table qui se brisa sous l'impact. Des spasmes affreux le secouèrent pendant encore plusieurs secondes avant qu'il rende enfin l'âme.

François, blanc comme un drap, se tourna face à Hélène et dit :

– Bon… Chérie, tu veux manger ?

Il ne vit même pas venir le coup de poing qui le mit K.-O…

Anatole

France Bastien

Besoin de parler. Comment trouver les mots pour exprimer ce qu'elle se condamne à taire ? Comment trouver le moyen d'en dire assez pour libérer la tension qui l'accable sans en dire trop ? Finalement, elle sait. Ce sera avec un coup de téléphone de son oncle Adrien. Nadine invite sa copine Charlotte à prendre le thé. Avec quelque hésitation, elle va lui raconter une belle histoire.

— Bonjour, Nadine ! Bonjour, Anatole ! As-tu appris de nouveaux mots, bel épouvantail à plumes ?

— Totole veut un biscuit ! Charlie arrive ! Totole veut un biscuit !

— Manque flagrant de vocabulaire, vieux plumet. Mais je t'aime quand même.

— Je prépare le thé pendant que tu t'installes. Est-ce que je t'ai déjà parlé de… l'oncle Adrien, celui qui vit en Ontario ?

— D'ordinaire, pas très bavarde sur ta famille, toi.

— Écoute. Tu sais de quel milieu je viens : père alcoolique et abuseur et mère absente la plupart du temps. Ce que tu ignores, c'est que j'ai fugué plusieurs fois entre neuf et quinze ans pour me réfugier chez mon oncle Adrien. J'ai quitté définitivement mes parents à seize ans pour aller vivre chez lui jusqu'à ce que je rencontre Gilbert... J'ai reçu un téléphone hier soir : Adrien souffre de sclérose en plaques depuis quelques années. Aujourd'hui, il est en fauteuil roulant. Ça me touche. J'aime cet oncle. En réfléchissant à l'affaire, j'ai pris une décision. J'ai promis d'aller le visiter régulièrement pour lui apporter mon aide et mon soutien. Ma présence et mon amour. Facile à organiser puisque Gilbert vient chercher les filles une fin de semaine sur deux.

– Eh bien, dis donc ! Pas un peu loin, ton oncle Adrien ? Tu n'en fais pas encore assez avec tes deux filles, ton travail, tes études... ?

– Je n'ai pas signé de contrat ! Chose certaine, je pars ce vendredi. Je verrai au fur et à mesure.

– Totole veut un biscuit ! Charlie arrive ! Totole veut un biscuit !

– Assez, Anatole ! Laisse-nous tranquilles. Tiens, le v'là, ton biscuit. Et ne parle pas la bouche pleine.

Les amies placotent du projet jusque tard dans la nuit. Après le départ de Charlotte, Nadine dit bonsoir à son perroquet :

– Ô Anatole, si tu savais... Je suis heureuse en même temps que honteuse... J'ai le cœur avachi. C'est si lourd à porter... Titine a un secret.

– Titine a un secret. Totole veut un biscuit. Titine a un secret.

– Il n'y a qu'à toi que je puisse me confier. Oui, Titine a un secret...

– Titine a un secret. Charlie arrive. Titine a un secret.

– Charlotte est partie, Anatole. Oh ! et puis tu m'énerves, à la fin !

Elle jette le tissu sur la cage.

Une nuit agitée la conduit à un matin brumeux.

La routine, ça use. Après avoir quitté son travail à *La Gerbe d'Or*, Nadine court chercher Rhéa à la garderie. Elle fait vite pour ne pas laisser seule trop longtemps Béatrice qui arrive à pied de l'école Saint-Sauveur vers 15 h 30. Divorcée depuis deux ans, voilà les deux richesses de sa vie, ses petites filles.

Relâche aux quinze jours. Gilbert vient chercher les filles pour le week-end. Avec son ex, elle entretient juste ce qu'il faut de relations pour sauvegarder le bien-être des filles. Nadine se sent terriblement seule. Heureusement qu'il y a Charlotte. Et Anatole.

Tout compte fait, elle se débrouille assez bien avec son travail à la boulangerie et la maigre pension de Gilbert. « Mais ça va changer, se persuade-t-elle. Quand j'aurai complété mes cours d'enseignement à l'université, je lâcherai les pains. Lâcherai aussi l'oncle Adrien. Ce sera le début d'une nouvelle vie. »

Quand elle se libère de ses obligations, Nadine sort dans les bars avec son amie Charlotte. Elle cherche désespérément l'âme sœur mais, dès qu'elle parle de ses petites filles, ses flirts la fuient comme si elle avait le corps couvert de pustules. Veulent pas s'engager. N'en veulent qu'à son cul. Et à sa beauté. Un soir qu'elle va danser avec Charlotte au bar *Barrab*, elle rencontre un jeune professeur de littérature, mais l'idylle dure à peine cinq semaines. Déjà trop, estime-t-elle en connaissant mieux Louis Lamy. Ses manières bizarres… Tellement imbu de lui-même… Il s'enorgueillit de ses conquêtes féminines qu'il qualifie de trop faciles. Il se croit tellement beau. Et l'écriture de son livre le rend complètement dingo. Pour une fois, ce n'est pas l'homme qui quitte Nadine, mais Nadine qui largue l'homme. Retour à la case départ. La jeune femme connaît plusieurs amants mais il lui manque

toujours l'amour dans sa vie. Trop de solitude lui pèse.
Restent ses filles. Et Charlotte. Et Anatole.

Un après-midi, après les leçons, Béatrice interroge
Nadine :

  — Veux voir la photo de ton oncle Adrien.

  — J'en ai pas.

  — Je veux plus que t'ailles en Ontario.

  — Tu t'ennuies ? Mais tu es avec papa, ces fins de
semaine-là...

  — Quand même. J'aime pas ton oncle Adrien.

  — Tu ne le connais même pas. Comment peux-tu
dire ça ?

  — Veux pas le connaître. Trop laid.

Quelques jours passent. Charlotte vient faire un
brin de causette avec la jeune mère, qui sent le besoin de
justifier ses absences.

  — Tu sais, Charlotte, ces week-ends en Ontario me
font un grand bien. Ça change de la routine. Le
dimanche soir, sur le chemin du retour, j'ai toujours hâte
de revoir les filles. C'est ça que ça me fait, de tout quitter
pour deux jours : je reviens en pleine forme et prête à
affronter mon quotidien.

  — Tiens ! j'ai une idée. Je vais aller avec toi en
Ontario. Ça me fera connaître ton oncle.

  — Oh non ! Tu ne vas pas t'y mettre, toi aussi ! Pas
question.

  — T'énerve pas ! Je t'offre de t'accompagner. Moins
ennuyant avec une copine, non ? Il y a des bars, en
Ontario ? On ne sait jamais, une belle rencontre...

  — Non. L'Ontario, c'est plate à mourir.

  — Allez, Nadine ! Juste une fois...

  — Il n'est pas à son mieux.

  — Ça ne me dérange pas.

  — Non. Et ne reviens plus sur le sujet.

  — Bon, bon... En tout cas, penses-y.

– C'est déjà tout pensé, merci.

– Quand tu te mets à ne rien vouloir comprendre, toi…

Elles se quittent un peu froidement. Nadine va saluer Anatole avant de se mettre au lit :

– Misère ! Imagine-toi donc que Charlie s'est mise dans la tête de rencontrer mon oncle Adrien… Tu te rends compte un peu ?

Et la vie continue. Charlotte observe de subtils changements chez sa copine mais n'arrive pas à identifier ce qui, précisément, la rend plus… absente. Plus distraite. À l'écoute du moindre indice, elle revient visiter sa copine.

– Bonsoir, tout le monde ! Bonsoir, mon beau perroquet d'amour !

– Titine a un secret ! Totole veut un biscuit ! Titine a un secret.

– Ah… ! Qu'est-ce qu'il raconte, le plumeau ? Qui a un secret ?

– Anatole dit n'importe quoi.

– Non. Un perroquet, ça répète, ma chérie. Allez, dis-moi tout ! C'est quoi ? C'est quoi, le secret de Titine ?

– Pas envie de m'obstiner avec toi comme l'autre fois. Bon, bon, bon… Quand tu te mets à me harceler, toi… Oui, j'ai un secret, et un secret, c'est plus qu'une confidence. Je pense que ce n'est pas un cadeau à faire à une amie, lui donner la responsabilité de sa propre dignité. Tu dois penser que je suis bien mystérieuse… Je ne me sens pas prête à ouvrir mon cœur. Ni à toi ni à personne.

– Juste à Anatole, si j'ai bien compris ?

– Oui. Il n'essaie pas de me consoler ou de me donner des conseils. Sa présence me réconforte. L'impression d'être moins seule. Tu comprends ? Il est juste là.

– Et à répéter : « Titine a un secret. » Qu'est-ce qu'il est imbécile, cet épouvantail à plumes ! Et merci pour moi ! Avec ton discours, je comprends que je ne suis bonne qu'à essayer de trouver des solutions, comme font toujours les hommes. Mais pour écouter, gros zéro, c'est ça ?

– Ne déforme pas mes paroles. Ce n'est pas ce que j'ai dit et tu le sais très bien. Parlons d'autre chose, veux-tu ?... Tiens ! as-tu revu Louis Lamy ?

– Le prof de littérature ? Imagine-toi donc...

Coquines et complices, les deux jeunes femmes placotent longtemps sur leur sujet favori : les hommes. Quand elles sont ensemble, elles se détendent avec des fous rires pissants.

🌲

Béatrice qui n'est pas encore arrivée de l'école. Nadine attend sa fille sur le trottoir pendant que Rhéa joue dans le carré de sable derrière la maison. Elle s'inquiète. Il n'est pas dans les habitudes de son aînée de s'attarder après les cours. Enfin, elle voit l'enfant courir vers la maison. Béatrice est en pleurs.

– Mon pauvre bébé ! Mais qu'est-ce qui t'arrive ? Viens ici. Viens voir maman.

Nadine est dans tous ses états. Et Anatole qui en rajoute :

– Totole veut un biscuit ! Totole aime Béa ! Totole veut un biscuit !

– Ta gueule, Anatole. Béa, ma Béatrice ! Viens ici. Es-tu tombée ? Quelqu'un t'a fait mal ? Allez, parle ! Dis-moi tout. On peut tout dire à sa maman.

Nadine imagine le pire des scénarios. Béatrice pleure de plus belle. Une crise de larmes en règle. Quand elle arrive à se calmer un peu dans les bras de sa

mère, elle essaie de parler entre deux sanglots mais les mots se coincent :
— Pas capable...
De lourdes larmes abîment le visage de l'enfant. Nadine comprend qu'elle n'arrivera pas à faire parler la petite maintenant.
— Si tu ne veux pas me le dire tout de suite, c'est correct. Va te changer, ma belle. Et va t'essuyer le visage. On verra ça plus tard. Je t'aide à faire tes devoirs. Ça va passer, mon amour.
— Non. Je déteste Marie-Line et sa mère.
Après le souper, Nadine consacre du temps à sa fille. Elle s'inquiète. Qu'est-ce qui a bien pu la bouleverser à ce point ?
— Béatrice, viens ici. En arrivant de l'école, tu me parlais de la mère de Marie-Line. Je la connais, cette femme. Qu'est-ce qu'elle a dit ? Est-ce que ça te tente de m'en parler ?
— C'est plus mon amie. Sa mère dit que... et Marie-Line s'amuse à répéter ça aux récréations. Tout le monde rit de moi. Je ne veux plus aller à l'école.
— Qu'est-ce que Marie-Line répète aux autres enfants ?
— Tout le monde à l'école chante une comptine niaiseuse.
— Mais c'est amusant, les comptines !
— Pas celle-là. C'est bête. Et méchant. Une comptine sur... sur toi, maman.
— Sur moi ? Veux-tu me la chanter ?
— La mère de Marie-Line... dit à tout le monde que tu... tu es... que tu es une salope. Tous les enfants à l'école disent : « La mère de Béatrice est une salope ! La mère de Béatrice est une salope ! »
L'enfant hoquette mais continue à travers ses pleurs :
— Et ils chantent cette comptine :

Nadine, Nadine
Nadine ma mautadine
Tu m'as ensorcelé
Je suis ton serviteur,
Nadine, Nadine
Nadine ma mautadine...

Et Béatrice fond en larmes dans les bras de sa mère. Nadine craignait ce moment. Elle appréhendait le jour où tout le quartier saurait... Elle imagine la rumeur qui circule en ville.

Le zéro, en survolant Val-d'Or pour s'y camper définitivement, en est le témoin étonné.

À suivre.

Mort en vidéo

Anne-Michèle Lévesque

Sur un ton où perçait l'exaspération, Simone appela son mari pour la troisième fois.

– Arrive, Raymond, c'est servi.

L'homme gardait les yeux rivés sur le petit écran. Il avait toujours été fasciné par la télévision. Entièrement pris par l'action qui se déroulait devant lui, il s'identifiait aux personnages, leur donnait même parfois la réplique.

Souvent il demeurait immobile pendant des heures. Quand venait le moment de se rendre au travail, il soupirait. Il se levait à regret et quittait la pièce à reculons afin de gagner encore quelques minutes avant de s'arracher à l'émission en cours.

À la fin de ses études secondaires, Raymond avait trouvé, à La Sarre, un emploi tranquille, dont très peu de gens auraient voulu : gardien de nuit à la morgue.

De fait, on ne venait guère le déranger, car identifications et visites n'avaient que rarement lieu la nuit. On ne demandait au gardien que de s'assurer que tout était « en ordre », selon la formule consacrée.

Raymond aimait ses morts. Il leur parlait parfois, ouvrait les divers tiroirs comme pour s'assurer que les pensionnaires y étaient toujours.

Au tout début de son emploi, il avait un peu oublié sa fascination pour la télévision. Les soirs de congé, il allait toujours manger au même endroit : le restaurant de la villa *Mon repos*. C'est ainsi qu'il avait rencontré Simone, qui travaillait de nuit, elle aussi, comme serveuse. Après quelques mois de fréquentations, ils s'étaient épousés et installés dans une maison modeste, mais convenable.

Malgré son travail nocturne, Raymond dormait peu le jour. Alors que Simone ne se levait guère avant le milieu de l'après-midi, il était debout vers les dix heures. Café et cigarette constituaient son repas matinal pendant qu'il s'installait devant le téléviseur, le casque d'écoute sur la tête pour ne pas réveiller sa femme.

Dans la matinée, les émissions pour enfants se succédaient. Raymond les connaissait toutes, s'adressait mentalement aux personnages, suivait avec intérêt les aventures des extraterrestres dans leur navette spatiale.

Un jour, installé comme d'habitude pour regarder son émission préférée, il eut l'impression que le héros le regardait. Droit dans les yeux. Un peu comme un appel. Les oreilles pointues, la peau jaunâtre recouverte d'écailles, Thor le Magnifique, chef de la galaxie Urus, se tenait debout, fixant un point devant lui. Raymond regarda plus attentivement. Ma foi, oui ! Thor lui avait bel et bien fait un clin d'œil !

L'émission terminée, il regarda distraitement le générique en attendant que commence la série suivante : *Comment chat va ?* À l'écran se mirent à défiler les noms des personnages et des interprètes. Et, à la grande surprise de Raymond, le comédien qui jouait le rôle de Thor s'appelait Raymond Ménard, comme lui! Quelle coïncidence!

Quand sa femme se leva, son mari lui raconta ce qu'il avait vu. Mais Simone haussa les épaules.

– Arrête donc, avec tes enfantillages. Tu te rends pas compte que t'as l'air d'un vrai fou avec tes histoires? Au moins, ne raconte pas ça aux clients quand tu viendras me chercher au restaurant. On ferait rire de nous autres.

Raymond retourna devant le téléviseur pour regarder l'émission suivante. Mais, à sa grande déception, on annonça un changement au programme: la série qu'il aimait tant était remplacée par une émission spéciale sur l'assassinat d'un important homme politique.

Désemparé, il passa à une autre chaîne. Juste à temps pour y voir débuter *Les Petits Détectives*. Une tasse de café à côté de lui, il se cala confortablement dans son fauteuil.

Fasciné, Raymond ne quitta pas l'appareil des yeux. Ce jour-là, les détectives avaient à trouver la solution d'un problème épineux. Qui donc avait assassiné le politicien? À mesure que se déroulait l'intrigue, Raymond se rendait compte qu'elle était similaire à ce que l'on présentait aux actualités.

Le petit garçon de six ans, qui s'appelait Raymond, tout comme lui, examinait les preuves que lui présentaient des policiers remplis d'admiration pour son talent de fin limier. Au moment où il donnait quelques ordres à son frère et à sa sœur, l'émission se termina en suspense. Allait-on trouver le coupable?

Raymond se trouvait maintenant devant un dilemme. Devait-il revenir aux *Petits Détectives* le lendemain ou demeurer fidèle aux félins de *Comment chat va?* Il pensa un instant poser la question à Simone, mais il renonça. Elle ne comprendrait pas.

Pendant qu'il mangeait une soupe, ce midi-là, la solution lui apparut d'un seul coup. Comment n'y avait-il pas pensé plus tôt? Il achèterait un magnétoscope! La dernière bouchée avalée en vitesse, il mit son manteau et sortit. Une heure plus tard, il revenait avec l'appareil et plusieurs cassettes vierges. Simone n'apprécia pas du tout la surprise.

– Es-tu fou, Raymond Ménard? Qu'est-ce qui t'a pris d'acheter ça? On a des dépenses bien plus importantes à faire, tu ne penses pas?

– Essaie de comprendre, Simone. Je n'ai pas envie de manquer mes *Petits Détectives*. Tu sais, le plus jeune, celui qui est le plus malin, il s'appelle Raymond, comme moi. C'est un signe, ça, tu ne peux pas dire le contraire.

– Un signe de quoi, veux-tu bien me dire? Raymond est un prénom très courant. C'est une coïncidence, voilà tout. Et ce n'est pas une raison pour dépenser tout cet argent quand on a besoin d'un tas d'autres choses pour la maison.

– Ne t'inquiète pas pour l'argent. Je n'ai qu'à demander à Thor. Lui, il me dira comment faire pour en avoir. Tant que j'en voudrai.

Renonçant à faire entendre raison à son mari, Simone le laissa installer le magnétoscope et mettre le téléviseur en marche. Décidément, il n'avait pas de chance ce jour-là! On avait déplacé l'heure de son émission favorite. *Le Gentil Géant* serait, à l'avenir, diffusé à 10 heures du matin, en même temps que l'émission de science-fiction où Thor évoluait et également en même temps que *Les Petits Détectives* sur une autre chaîne. Du coup, l'achat du magnétoscope n'apportait plus la solution.

Découragé, Raymond prit une douche rapide, puis se réinstalla pour regarder les émissions de l'après-midi tandis que Simone préparait le souper.

Cette nuit-là, son travail ne lui apporta pas la satisfaction qu'il ressentait habituellement. Assis sur sa chaise, songeur, il ne fit même pas la tournée de ses pensionnaires.

Le lendemain, Raymond jeta un coup d'œil distrait sur l'horaire de la télévision. Il croyait le connaître par cœur. À son grand étonnement toutefois, il constata que plusieurs chaînes diffusaient des émissions intéressantes, et ce, à la même heure.

À 10 heures, Thor fit de nouveau son apparition dans *Attaquons la Terre*, une série très aimée des enfants. On pouvait y voir des vaisseaux spatiaux parcourant un ciel rosâtre, des fusées, des armes étranges, des extraterrestres de tout acabit. Le chef, Thor, n'était jamais vaincu. Ce jour-là, après le combat, il se tourna vers Raymond et, de son long doigt effilé, lui indiqua comment régler son problème.

Thor était assis devant quatre écrans où il avait une vue de l'espace sidéral sous quatre angles différents. Mais oui, évidemment! C'était là la solution! Tout comme la veille, Raymond se précipita dehors et disparut pendant plus de deux heures.

Il revint sans dire un mot et s'assit dans un fauteuil, un étrange sourire sur les lèvres. Quand la sonnette retentit, il alla vivement ouvrir pour laisser passer un livreur qui apportait un téléviseur et un magnétoscope. Le livreur sortit et revint presque tout de suite après avec encore un autre appareil. Et voilà! Maintenant, Raymond ne manquerait plus aucune émission, quelle que soit l'heure à laquelle elle serait diffusée.

Les deux nouveaux téléviseurs furent branchés en un tour de main pendant que Simone, démoralisée, pleurait à la cuisine. Que se passait-il donc dans la tête de son mari ?

À compter de ce jour-là, les trois téléviseurs et les deux magnétoscopes fonctionnèrent sans arrêt. Raymond

passait d'un écran à l'autre, interpellant le gentil géant,
donnant des conseils à Jeannot le lapin pour combattre le
méchant loup, s'identifiant à Pacha, le roi des chats, à
Thor le Magnifique ou à Raymond, le petit détective.
Il ne mangeait que quand Simone posait de la
nourriture devant lui, il dormait quelques heures à peine
et il ne se gênait plus du tout pour parler aux personnages ou pour leur donner la réplique à voix haute.
Tous les efforts de sa femme pour le ramener à la
réalité furent vains. Entre la télévision et elle, force fut à
Simone de constater que la lutte était inégale. Après
quelques mois, de guerre lasse, la jeune femme jeta ses
vêtements dans une valise et quitta son mari. Raymond
ne sembla même pas s'en apercevoir.
Il avait maintenant compris que Thor, Jeannot le
lapin, Pacha, le gentil géant et le petit détective, c'était
lui! Ces personnages, il les incarnait tous, il les dirigeait.
Souvent, il pénétrait dans un des écrans, allait rectifier
un décor qui ne le satisfaisait pas, prenait le lance-fusée
de Thor et tirait sur l'ennemi. Parfois il entrait dans la
peau du petit détective pour trouver la solution aux plus
sombres énigmes, toujours en rapport avec l'actualité.
Il avait un moment songé à offrir ses services à la
police, mais avait ensuite renoncé. Qu'ils se débrouil-
lent! Il détenait la clé du mystère et cela suffisait à le
contenter. Bien assis dans son fauteuil, Raymond devenait le gentil géant et amusait les enfants qui le regardaient, fascinés, ou se métamorphosait en Pacha, le chat
aux longues moustaches, et discourait avec philosophie.
Il ne mangeait plus qu'au hasard des pauses commerciales. Maigre, hagard, les yeux cernés par la fatigue
et le manque de sommeil, il regardait la télévision le jour
et allait travailler la nuit.
Il avait retrouvé son intérêt pour ses pensionnaires,
leur racontant chaque soir les péripéties des émissions

visionnées durant la journée. Ces derniers écoutaient avec respect, sans jamais le contredire.

Mais, si les rapports de Raymond avec les occupants de la morgue étaient cordiaux, il n'en allait pas de même avec les vivants. Raymond ne se préoccupait plus de rien ni de personne et les comptes s'accumulaient dans la boîte aux lettres. La compagnie de téléphone interrompit le service, mais il ne s'en aperçut même pas.

Un matin de juin, Raymond constata avec surprise qu'il n'arrivait plus à mettre les téléviseurs en marche. Aucun des trois appareils ne fonctionnait. Il avait beau appuyer sur tous les boutons, rien ne se produisait. Dans un éclair de lucidité, il comprit qu'on avait coupé l'électricité.

Complètement affolé, il se leva, tourna en rond dans la maison, enfila un pantalon et sortit en courant. Pendant des heures, il erra dans un état de demi-conscience.

Enfin, par la force de l'habitude, il se rendit à la morgue, à l'heure habituelle, pour prendre son quart.

Tout de suite, il voulut s'adresser à ses amis, leur raconter ce qui lui arrivait, en ouvrant un à un les tiroirs.

Ils y étaient tous : Jeannot le lapin, le petit détective, Pacha le chat, le gentil géant et Thor le Magnifique.

Ils l'attendaient.

Le braqueur

Les chroniques policières
de Gilles Massicotte

– Alex Carson ! Vous en êtes certaine ?
– Je vous l'assure, monsieur Lanoue. C'était bien lui. Il était habillé d'un ensemble blue-jean délavé. Je le connais bien. Il était dans ma classe en secondaire V. Penché de tout son long sur le comptoir du restaurant *Sergio*, le détective Jacques Lanoue écrivait au fur et à mesure ce que le témoin lui déclarait :
– Et puis je ne peux pas me tromper. Il était à visage découvert. C'est arrivé juste avant la fermeture, après que le dernier client fut parti. Une fois entré, il s'est assis sur un tabouret devant la caisse et a commandé un café. J'avais bien pensé lui dire que je fermais, mais je n'aimais pas son regard. Il avait les yeux d'un drogué. Je ne voulais pas d'ennuis. Je me disais qu'il n'allait pas prendre racine et qu'il s'en irait après. C'est quand je lui ai servi sa tasse qu'il a sorti un poignard en me menaçant : « Donne l'argent ou je te tranche la gorge. » Je vous jure que j'ai eu peur. J'avais les mains et les jambes qui tremblaient. Une sueur froide me parcourait le dos. J'étais incapable de bouger. Puis il a crié : « Grouille-toi le cul ! »

Je ne sais pas comment j'ai pu faire, j'étais tellement nerveuse. Mais j'ai réussi à me maîtriser. J'ai vidé la caisse et j'ai tout placé dans un sac en papier brun que je lui ai remis. Ensuite, il est parti.

— Pouvez-vous me décrire l'arme? demanda le policier.

— Pour ça, oui! La lame faisait une courbe et devait bien avoir six pouces de long, avec des dents sur le dessus. Et le manche était noir.

En route vers le Palais de Justice de Val-d'Or, le policier s'interrogeait.

«Carson! C'est quand même étrange. Des fraudes, des vols, il en a fait. Son casier judiciaire est éloquent là-dessus. Il a les doigts si agiles qu'il peut imiter une signature comme pas un ou encore soustraire le portefeuille de la poche de l'autre en deux temps, trois mouvements. Mais il est vrai que Carson n'a jamais employé la violence avant. Bah! il y a un début à tout. Qui vole un œuf finit par voler un bœuf. Ce n'est un secret pour personne.»

Lanoue obtint facilement les mandats nécessaires pour la fouille de la résidence du suspect ainsi que pour l'arrestation de ce dernier. Il perquisitionna chez les Carson, mais n'y trouva ni butin ni poignard. De plus, Alex Carson avait un alibi : ce soir-là, affirmait sa femme, il était demeuré avec elle à la maison.

«Maudite menteuse!» se dit l'enquêteur. Et, prenant un air hautain :

— Toujours prête à protéger ton Alex, à ce que je vois. Mais il y a un petit hic : il a été formellement identifié. Je l'embarque.

— Mon *chum* n'a jamais fait de *hold-up*, vous le savez bien. Ce n'est pas son genre. C'est un homme doux.

Mais le représentant de la loi était intraitable.

– Il est en état d'arrestation.

Lanoue sortit les menottes tandis que Carson, assis à la table de la cuisine, écrasait nerveusement une cigarette qu'il venait d'allumer.

– Maudit! Je veux parler à mon avocat.

– Tu l'appelleras au poste. Pour l'instant, tu me suis. Tourne-toi! Les mains dans le dos!

La femme fondit en larmes. Carson, sidéré, n'opposa aucune résistance tandis qu'un cliquètement métallique se faisait entendre par deux fois.

Toute la cause reposait sur la crédibilité des témoins. De son côté, la Couronne fit entendre la victime, une jeune fille au regard intelligent, bien mise et d'une élocution convaincante. À la toute fin de son témoignage, le procureur lui demanda:

– Cet Alex Carson, le voyez-vous dans cette salle aujourd'hui?

– C'est l'homme qui est assis là.

– Vous en êtes certaine?

– À cent pour cent!

– Merci! Ma preuve est close, votre honneur.

La défense, assurée par Me Stéphane Chopain, fit venir Cathy Carson à la barre. Cette dernière affirma que son mari n'avait pas mis le pied dehors de la soirée. En contre-interrogatoire, le procureur de la Couronne établit alors que ce témoin s'était déjà parjuré à maintes reprises dans le passé, et toujours dans des causes où son conjoint était inculpé.

Le verdict fut rendu sur le banc: coupable.

– C'est pas moi! C'est pas moi! clama l'accusé.

En vain.

– Gardiens, emmenez-le au banc des détenus, or-
donna le juge.

– Faites quelque chose, lança l'épouse d'Alex à l'endroit de Chopain. Il m'a déjà dit qu'il ne pourrait jamais
plus supporter l'emprisonnement.

Mais l'avocat n'y pouvait rien. Condamné à douze
mois d'emprisonnement, Alex Carson se retrouva, pieds
et mains enchaînés, dans une voiture cellulaire, en route
vers le Centre de détention d'Amos.

🌲

Deux semaines plus tard, un homme se présenta au
poste de police pour s'enquérir du déroulement d'une
enquête à la suite d'une plainte qu'il avait déposée. Demandé au comptoir de la réception, le détective Lanoue,
en apercevant le nouveau venu, ne put s'empêcher de
s'exclamer :

– Alex Carson ! Que fais-tu ici ?

– Pardon ! Je m'appelle Julien Juteau...

Le policier se sentit blêmir. Ébahi, il se remémora
l'affaire Carson. Et si...

Il se ressaisit. Et, d'une voix qu'il voulait assurée :

– Ah bon ! Attendez-moi ici. Je vais aller chercher
votre dossier.

À son bureau, Lanoue trouva la chemise sous une
pile. Les coordonnées du plaignant s'y trouvaient. Ce
dernier s'était installé à Val-d'Or quelques mois auparavant et avait été victime d'un cambriolage peu de
temps après son arrivée. L'objet du vol, un téléviseur
couleur, avait été enregistré au Centre des renseigne-
ments policiers du Québec. Avec une impatience fébrile,
l'enquêteur interrogea l'ordinateur central au sujet de ce
Juteau. Ce qu'il découvrit l'assomma. L'individu était
recherché pour différents vols qualifiés dans la région de

Montréal, puis à Mont-Laurier plus récemment. Particularité : il effectuait toujours ses délits dans des restaurants et était toujours armé d'un poignard.

– *Shit !*

Au même moment, le détective recevait un appel de la direction de la prison d'Amos.

Carson s'était pendu dans sa cellule...

Destinée d'une lectrice

Bruno Crépeault

– Quel âge avez-vous ? demanda une voix rauque comme le passé, avant même qu'Audrey ne se soit présentée.

– Dix-neuf ans.

– Mmm… très bien. Pour tout vous dire, mademoiselle, mon épouse est gravement malade et doit rester alitée. J'ai pensé qu'elle l'apprécierait si quelqu'un venait lire à son chevet.

De silencieuses secondes s'étirèrent jusqu'à ce qu'Audrey, ignorant si c'était suffisant dans les circonstances, ajoute simplement :

– Je suis désolée pour votre femme.

Elle eut un élan de pitié pour le vieil homme au bout du fil. Peut-être n'avait-il plus une vision assez bonne pour faire la lecture lui-même ? Ou encore peut-être ne savait-il pas lire ?

– Je peux me permettre de vous demander votre poids ?

– Monsieur, reprit-elle en feignant un ton comique, je ne vois pas en quoi mon poids peut faire une différence…

– Est-ce que vous fumez ?

La soudaineté de la question surprit Audrey et elle dut réfléchir une demi-seconde avant de répondre par la négative.

– Alors, je crois que vous ferez l'affaire. À quelle heure pouvez-vous venir ?

– Quoi ? Vous voulez dire aujourd'hui ?

Ils se fixèrent rendez-vous au 1402 de la rue Plessis en fin d'avant-midi, dans ce qu'il avait décrit comme une jolie petite maison en bois.

Plantée tel un champignon au milieu d'un terrain étroit au long gazon et bordée d'une multitude de fleurs, la cabane – parce que c'est le mot qui vint à l'esprit d'Audrey en la voyant – était d'une laideur angoissante. Parcourue de frissons, la jeune fille resta sans bouger sur le trottoir. Elle fixait les chiffres qui surplombaient une porte centrée dans la façade et à laquelle ne menait aucun escalier : un - quatre - zéro - deux.

« Bon sang ! c'est celle-là, se dit-elle en secouant la tête. Dans quelle histoire je m'embarque... ? Pas question d'entrer là-dedans ! »

Elle tourna les talons et fit demi-tour. Faire de la lecture ? D'accord. Dans un endroit de ce genre ? Faudrait pas exagérer ! Le monsieur avait peut-être été gentil quoiqu'un brin bizarre, mais cette maison lui donnait la chair de poule.

Tant pis ! Elle trouverait autre chose à faire cet été. En outre, il y avait ce travail d'assistante du professeur de littérature dont sa copine Odette lui avait parlé ; ça risquait d'être plus ardu, mais au moins elle ne passerait pas des heures dans un taudis pareil !

Elle dépassait la maison voisine lorsqu'une odeur d'épices et de miel lui caressa les sens avec une enivrante intensité. Elle chercha la provenance du parfum et son regard s'arrêta de nouveau sur le 1402 Plessis ;

étrangement, Audrey ne se sentit plus aussi dérangée par l'apparence de la cabane. Bien sûr, les planches tordues ici et là conféraient au bâtiment un air inquiétant, mais, cette fois, ce furent les tulipes, les pensées et d'autres fleurs qu'elle ne connaissait pas qui retinrent son attention.

«C'est plutôt charmant», pensa-t-elle en souriant. Elle s'engagea d'un pas absent dans une allée de pierres blanches qui menait vraisemblablement à l'arrière-cour.

Il y avait là un homme vêtu d'un lainage vert, sa chevelure blanche comme neige lui tombant sur les épaules, et les pieds nus. Il faisait face à d'étranges arbres formant une rangée bien droite le long d'un mur de pierres cimentées.

Audrey attendit un moment, regardant la scène avec fascination. Le sol était tapissé d'une longue pelouse qui ballottait au gré du vent. Les arbres, dont le vieillard aspergeait la base d'une eau claire, étaient d'une espèce qu'elle n'avait encore jamais vue : de grandes feuilles rouges pendaient sur des branches fines visant les quatre coins du ciel, comme assoiffées d'espace. Leur tronc mince et sans nœuds était d'un vert rosé et montait fièrement sous le bouquet rouge sang. Elle en dénombra quatre : deux assez grands, qui dépassaient le toit de la maison, et deux autres plus petits, qui devaient faire tout près de deux mètres.

– Tiens, vous êtes là, fit une voix qui extirpa Audrey de sa contemplation.

– Oui, bonjour, répondit-elle. Ce sont… ce sont de très beaux arbres…

L'homme acquiesça et eut un regard attendri pour les feuillus qui se balançaient sous la brise légère.

– Oui, ils sont extraordinaires, dit-il, nostalgique. Il faut les soigner, les nourrir, leur parler. Comme un vrai père, quoi !

À ces mots, il éclata d'un rire franc et contagieux, si bien qu'Audrey ne put s'empêcher de faire de même.

– On va à l'intérieur ? Je vous offre un grand verre d'eau.

– Avec plaisir, répondit-elle en lui emboîtant le pas. Elle se rappela vaguement avoir éprouvé de l'appréhension un peu plus tôt, mais maintenant elle était tout à fait détendue. Cet endroit sentait si bon ! Audrey ressentait l'ivresse d'une abeille perdue au milieu d'un jardin de fleurs semé d'espèces magnifiques et inconnues s'étirant à perte de vue.

Ils entrèrent dans une cuisine meublée uniquement d'une table et de deux chaises. Le vieillard invita Audrey à s'asseoir, et, après quelques instants, il déposa pour l'invitée un verre dans lequel tanguait une eau cristalline et tendit une main dénuée de toute ride, que la jeune fille s'empressa de serrer.

– Monsieur, excusez-moi, je... Je ne vous ai pas demandé votre nom, dit-elle, honteuse.

– Je m'appelle Édouard Beauchamp, dit-il en s'assoyant en face d'elle. Allez, buvez. Ça éclaircira votre voix pour la lecture.

– Justement...

Elle fouilla dans le fourre-tout qu'elle avait posé sur ses genoux et en sortit les livres enfouis sous les cosmétiques.

– Je ne savais pas quel genre votre femme aimait, alors j'ai choisi au hasard... Voici un roman de Kundera – on me l'a recommandé, mais je ne l'ai jamais lu. Ensuite un autre roman... et ça ! Regardez, fit-elle en montrant un grand livre au vieillard, c'est un cahier des chansons de Jacques Brel ; de la vraie poésie, selon ma tante.

– Brel ? Excellente idée. Je suis sûr qu'Angélique appréciera.

Il jeta un coup d'œil vers la fenêtre, où filtraient les rayons d'un soleil montant, et repoussa sa chaise.

— Je crois qu'il serait temps d'aller vous présenter à mon épouse. Venez, nous allons monter à sa chambre.

Audrey avala une grande lampée d'eau dans laquelle elle crut déceler un léger goût de menthe. Elle fourra ensuite les livres dans son sac avant de se l'accrocher sur l'épaule.

Le salon lui parut tout aussi dénudé que la cuisine. On n'y trouvait ni téléviseur ni chaîne stéréo ; rien qu'une lampe de coin éclairant un sofa aux couleurs criardes et un téléphone à cadran posé sur une table. Dans un mur se découpaient une porte – probablement celle qu'elle avait vue dans la façade – et deux petites fenêtres dont les vitres semblaient enduites d'une substance opaque. Finalement, à côté de l'escalier du mur de droite, une porte ouverte donnait sur une salle de bains.

Dis donc, qu'est-ce que ce M. Beauchamp fait de ses grandes journées, pendant que son épouse dort là-haut ? fit une voix moqueuse dans sa tête. *Il s'occupe de ses arbres bizarres dans la cour ! Tu imagines les fruits que ça va donner, à l'automne ? Faudra venir voir ça !*

Ils montèrent l'escalier qui tournait en coin à mi-étage. À chacun des pas de la jeune fille, le plancher gémissait par petits craquements tandis que le vieillard, lui, avançait sans faire le moindre bruit. En quelques secondes, ils traversèrent un couloir au bout duquel deux portes se faisaient face. Celle de droite était fermée et celle de gauche s'ouvrait sur une grande pièce au centre de laquelle se trouvait un lit de bois.

Quand même étonnant qu'on y trouve quelque chose ! Parce que derrière l'autre porte, je parie qu'il n'y a rien. Tu le sais, n'est-ce pas ? Une autre pièce vide.

Audrey frissonna à cette idée.

Tu as compris qu'il y a quelque chose d'anormal ici :
pas de réfrigérateur, pas de cuisinette, pas de télé, une
porte extérieure inaccessible. Tu as remarqué tout ça,
hein ?
Elle ferma les yeux et secoua la tête afin de chasser
la voix insistante. D'accord, c'étaient un peu insolite,
cette maison, ces arbres, ce bonhomme. Mais il ne fallait
quand même pas fabuler ; c'étaient des personnes âgées
qui vivaient simplement, voilà tout.
Des histoires ! Allez, fiche le camp ! Va-t'en ! C'est ce
que tu meurs d'envie de faire de toute façon…
— Je suis stupide, murmura-t-elle, les poings serrés,
en colère contre elle-même.

Dans la chambre, ils s'approchèrent du lit où une
dame au visage maigre et blafard était visiblement souf-
frante. Le lit était placé de manière que son occupante
soit baignée dans la lumière du soleil qui traversait de
hautes et larges fenêtres dans la charpente du toit. Ici,
l'air avait perdu son parfum de forêt et laissait place à une
odeur âcre ressemblant à celle de la cendre mouillée.

— Angélique, murmura le vieillard penché sur son
épouse, notre amie est arrivée. Elle est juste là, tout près.

Audrey s'avança poliment et considéra un instant la
femme qui sommeillait. Celle-ci avait les yeux clos et son
front était couvert de sueur ; ses longs cheveux gris
collaient à ses joues et à son cou. Par-dessus un drap jadis
blanc, elle étendait des bras osseux au teint jaunâtre,
presque transparent.

Mue par une bouffée de sympathie, Audrey passa
de l'autre côté du lit et alla déposer sa main sur celle
d'Angélique Beauchamp. Mais elle dut se retenir pour ne
pas la retirer aussitôt ; la peau de la vieille femme était
désagréablement froide et sèche, alors que les doigts me-
nus donnaient l'impression de brindilles que l'on casse
pour allumer un feu de camp.

Elle est morte. Elle est déjà morte. Tu vas réciter du Brel pour un cadavre. Si ce n'était pas si réel, ça serait presque drôle.

— Elle n'est pas morte, insista Audrey auprès de la voix dans sa tête.

Comme si elle l'avait entendue, Angélique Beauchamp étira un rictus entre ses lèvres blanchies et fissurées.

— Merci, mon enfant. Nous te sommes reconnaissants, dit Édouard Beauchamp d'une voix lente, comme s'il parlait de très loin.

Il se leva et approcha une chaise du lit avant de s'éloigner en silence, laissant seules la lectrice et la malade.

— Monsieur Beauchamp, êtes-vous allé à l'hôpital avec votre femme ? demanda-t-elle.

Le vieillard n'était plus là et le bout de couloir qu'elle arrivait à distinguer était désert.

Audrey baissa les yeux sur le visage endormi et soupira. Il ne lui restait plus qu'à commencer à lire. Elle prit place sur la chaise de bois rude et sortit de son sac le cahier de chansons.

— Madame Beauchamp, osa-t-elle à mi-voix, doutant que la malade puisse l'entendre, votre mari me disait que vous aimiez Jacques Brel…

Elle tourna une page au hasard et se mit à réciter *La Chanson des vieux amants*.

Pendant une quinzaine de minutes, elle lut consciencieusement les textes dans l'étouffante chaleur de la pièce. À certains moments, la jeune fille rougissait au cru des mots ; à d'autres, elle associait aux paroles une musique qui faisait écho dans sa tête. Mais, après un certain temps, elle se sentit fiévreuse ; de la position qu'elle occupait dans la pièce, le soleil lui tapait en pleine nuque. Elle s'en voulut de ne pas avoir demandé un second verre d'eau au vieillard.

Dans son lit, Angélique Beauchamp n'avait pas bougé depuis que son mari avait quitté la chambre et Audrey pensa qu'on ne lui en tiendrait pas rigueur si elle allait reprendre le verre laissé sur la table. Un peu d'eau fraîche serait définitivement bienvenue.

Afin de faire le moins de bruit possible, elle voulut soulever sa chaise pour la déplacer en silence mais en fut incapable ; c'était comme si on l'avait clouée au plancher. Alors qu'elle allait se lever, une main squelettique se referma avec force sur son poignet ; c'était la vieille femme qui se hissait du lit en se servant du bras d'Audrey comme levier. Ses yeux exorbités la regardaient, suppliants, et de sa bouche empestant le moisi surgissaient des bruits de craquements de feuilles sèches en train de se consumer.

Audrey eut un mouvement de recul mais le dossier lui bloqua toute retraite. Le cahier glissa de ses genoux et tomba par terre.

– Qu'est-ce qui se passe, madame Beauchamp ? Vous ne vous sentez pas bien ?

La vieille femme resserra son emprise et Audrey laissa échapper un cri. On aurait dit qu'on lui versait de l'acide sur tout l'avant-bras.

– Vous me faites mal ! cria-t-elle, de plus en plus apeurée.

Elle n'osait pas se défendre, mais la douleur devenait insoutenable.

– Monsieur Beauchamp ! Venez vite, je vous en prie ! Votre femme ! Ça ne va pas du tout !

Son appel resta sans réponse. Dans la chambre baignée de soleil, où la puanteur se mêlait à la chaleur, la sérénité faisait place à l'affolement.

En proie à la panique, la jeune fille bondit sur ses jambes et voulut se libérer. Mais la poigne était solide – bien trop solide, d'ailleurs, pour une personne aussi âgée et maladive.

– Lâchez-moi, dit-elle entre ses dents en s'arquant sur le sol comme si elle faisait une partie de souque à la corde. Je vais aller chercher votre mari !

À ces mots, elle sentit la prise perdre de la vigueur et en profita pour se propulser vers l'arrière ; elle culbuta avec fracas sur le plancher. La vieille femme, elle, s'affala mollement dans le lit et se rendormit aussitôt, comme si rien ne s'était passé.

Audrey enroula son poignet meurtri dans le bout de sa manche et secoua la tête pour tenter de retrouver ses esprits. Tout cela frôlait le délire ! C'était comme si elle était passée, quelque part entre son réveil et l'instant présent, dans une autre dimension, où tout était surprise, où on ne savait plus à quoi s'attendre. Dans un endroit incertain et biscornu, où des choses bizarres coexistaient avec la réalité ; un endroit dans lequel des odeurs jusqu'alors jamais perçues se mariaient subtilement à l'air ambiant et s'infiltraient dans les entrailles afin d'empoisonner le sang ; un lieu où, parents d'une humidité écrasante et molle, la chaleur et la lumière fusionnaient.

La jeune fille se releva difficilement, parcourue d'élancements. Elle ne pouvait détacher ses yeux de la base du sommier : les pattes du lit et de la chaise semblaient se confondre avec le bois du plancher, comme si elles n'étaient que des protubérances de cette abominable maison.

– Il faut que je sorte d'ici.

Cette phrase se répercuta dans l'esprit d'Audrey comme un cri dans une église abandonnée. Elle avança péniblement jusqu'à la chaise et attrapa la courroie de son fourre-tout. À reculons, elle atteignit le mur puis longea les planches rugueuses vers la droite, là où se trouvait la seule issue possible, à moins de deux mètres.

Sans se retourner, Audrey sortit de la chambre d'un pas mal assuré et s'engagea dans le couloir aboutissant à l'escalier. Avant de poser le pied sur la première marche, elle s'efforça de retrouver son calme en respirant par grandes bouffées, le corps secoué de tremblements.

Que vas-tu faire lorsque tu verras son mari ? Que vas-tu lui dire ?

Elle s'excuserait, voilà tout. En y réfléchissant, il lui parut bizarre qu'Édouard Beauchamp ne soit pas monté avec tout ce vacarme. N'avait-il rien entendu du bruit qu'elle avait fait en tombant ?

Qu'est-ce que tu vas chercher ? Il est au courant de tout ce qui se passe, voyons !

« Des conneries. Je perds la tête… »

Vraiment ?

Tel un ver dans une pomme, le doute s'insinuait implacablement dans son esprit ; presque aussitôt, elle fut assaillie par une délicieuse odeur de cèdre qui, aurait-elle juré, suintait des parois du couloir. Comme si les murs avaient deviné son inquiétude et tenté de l'apaiser.

« C'est ridicule », pensa-t-elle en regardant la cloison de plus près.

Elle y posa la main ; les planches étaient chaudes mais pas humides. Tout était exactement comme lorsqu'elle était montée un peu plus tôt.

À un détail près.

La porte en face de la chambre d'Angélique – celle qui était fermée auparavant – était entrouverte.

Audrey fit demi-tour et s'en approcha, hésitante. Sur son visage, un combat s'était engagé entre la curiosité et la peur, qui se disputaient l'espace tour à tour.

Mais qu'est-ce que tu fais ? Fiche le camp, idiote !

– C'est d'ici que viennent toutes ces odeurs, se répondit-elle. J'en suis sûre. Celle d'une forêt de sapins ; celle du miel au citron ; ou encore celle des quatre saisons à la fois.

Tu es devenue complètement folle ! Qu'est-ce que c'est que ces histoires ? Sors d'ici avant qu'il ne soit trop tard ! — Tout ira bien. Ça sent si bon ! Je veux juste voir ce qu'il y a derrière cette porte, c'est tout. Après, je dirai à M. Beauchamp qu'il serait sage que sa femme soit hospitalisée et je m'en irai. *Mais il n'y a rien derrière cette foutue porte ! Rien qu'une autre pièce vide, étonnamment vide, d'ailleurs ! Comme le reste de cette maudite cabane ! Tu divagues ! Va-t'en !*

Elle refoula les avertissements qui émanaient du plus profond d'elle-même et remonta le couloir jusqu'à l'autre porte. Par-dessus son épaule, elle jeta un regard dans la chambre d'Angélique Beauchamp et vit que la vieillarde jouait toujours son rôle de cadavre alité.

Puis, d'un geste trahissant une appréhension qu'elle voulait ignorer, Audrey poussa sur la poignée de fer et la porte pivota sans résistance sur ses charnières.

Dès que l'air vicié de la chambre eut atteint ses narines — relent qui rappelait la puanteur de fruits pourris —, elle aperçut quatre formes poilues qui traînaient sur le sol. Il ne lui fallut que quelques secondes pour réaliser que c'étaient en fait des tignasses humaines.

Ces choses supplantaient des restes de visages aplatis aux orbites grises et sans yeux, comme des masques de carton mouillés. Leur bouche ouverte en forme de huit écrasé criait en silence en direction d'Audrey. Les corps poisseux et brunis, qui gisaient sans vie sur le plancher de bois comme des torchons oubliés, étaient arqués et pliés en des endroits où il n'y avait pas d'articulations.

Audrey resta muette, les traits crispés par la peur, incapable d'émettre un son ou de bouger un membre. La phrase prononcée plus tôt — *il faut que je sorte d'ici* — refaisait écho dans son crâne, mais son corps refusa tout mouvement jusqu'à ce que son esprit lui souffle à l'oreille l'explication la plus simple et la plus évidente quant à ces choses nauséabondes jonchant le sol : *Ils sont vides. Ces gens n'ont ni muscles ni os sous leur peau flétrie.*

– Ils sont vides, répéta-t-elle tout haut.

Le son de sa voix suffit pour la sortir de sa torpeur. Audrey courut comme elle n'avait jamais couru. Elle traversa le couloir en quatre enjambées et dévala l'escalier comme une furie, ratant quelques marches dans la descente. Elle arriva en trombe dans le salon mal éclairé, son sac secoué en tous sens, et, d'une main virant sur un barreau, contourna la rampe en direction de la cuisine, là où se trouvaient la sortie et son salut.

Elle s'arrêta net ; quelqu'un était là, immobile dans le cadre séparant les deux pièces, bloquant l'accès tel un meuble qu'on aurait oublié de déplacer lors d'un déménagement. Elle reconnut sans peine les longs cheveux blancs d'Édouard Beauchamp. Dans l'ombre du visage de l'homme, Audrey ne discernait qu'une paire d'yeux qui brûlaient sur elle. Il était braqué dans l'embrasure, les mains appuyées de chaque côté du chambranle, enveloppé d'un silence horrible et menaçant, et la silhouette qu'il projetait sur le sol avait quelque chose d'étrangement inhumain.

Presque malgré elle, dans le manège de son esprit troublé, Audrey voulut lui parler. Lui demander s'il savait ce qui se passait chez lui, dans sa propre maison ; lui dire qu'il serait préférable que sa femme soit hospitalisée au lieu de rester là-haut à dépérir ; lui dire qu'elle ne voulait plus de cet emploi, « merci beaucoup je repasserai vous dire bonjour à l'automne ou bien au lendemain du mariage de mes petits-enfants bon vent bonne chance LAISSEZ-MOI SORTIR D'ICI SINON JE VAIS DEVENIR FOLLE S'IL VOUS PLAÎT ! ».

Cependant, elle n'en fit rien. Quelque chose n'allait pas. Elle regardait celui qui lui bloquait la sortie. En vérité, l'homme semblait fixé au chambranle. Puis la vérité s'abîma en elle, tellement absurde et exacte à la fois, comme un glissement dans le terrain de sa conscience.

« Il est enraciné dans le cadre de la porte. »

Une odeur qui ressemblait à celle de l'aneth et du vinaigre commença à s'étendre dans le salon et lui provoqua un haut-le-cœur. Quand l'homme prononça son nom, d'une voix à la fois douce et gluante, elle ne put retenir les pleurs qui lui comprimaient les poumons.

– Audrey.

C'était une plainte liquéfiée, comme une éponge imbibée que l'on essore.

– Audrey.

La jeune fille fit quelques pas à reculons et buta contre l'escalier, mais il était hors de question de retourner à l'étage. Peut-être était-ce par cette erreur que les personnes vides à l'étage s'étaient fait prendre au piège. Audrey imagina Angélique Beauchamp debout dans le couloir, le bras tendu juste à la hauteur de sa gorge, la vieille n'ayant qu'à refermer la main pour lui broyer le larynx avec le même bruit qu'un cornet de crème glacée que l'on écrase du poing.

Non. Elle n'y retournerait pas, bien que l'homme n'eût toujours pas bougé, anéantissant aussi toute espérance de rejoindre la cuisine. Puis l'image de la porte dans la façade, isolée comme une île perdue en mer, lui revint en mémoire. Elle n'avait qu'à l'ouvrir et à sauter sur le terrain. Ce n'était pas très haut, et le vieillard n'aurait pas le temps de l'en empêcher.

Audrey se précipita dans le salon et chercha l'accès de l'extérieur, mais ne vit ni porte dans la façade ni fenêtres aux vitres opaques.

« Elles étaient là ! Je les ai vues ! » pensa-t-elle. Elle longea la cloison, frappant le mur des poings, mais ne trouva rien d'autre qu'une série de planches rapprochées. Aucune trace de porte.

– C'est absurde ! Elle devrait être là ! vociféra-t-elle à l'endroit du vieillard immobile, dans un cri où se mêlaient la colère et la peur.

Mais son hôte ne broncha pas ; il ne faisait que la suivre du regard, d'une manière si intense qu'il semblait voir en elle et à travers elle.

Du coin de l'œil, elle entrevit le téléphone sur la table basse. Elle se rua vers le divan orange et vert et décrocha l'appareil, qui tinta en signe d'indignation.

Pas de tonalité.

Dans son esprit, quelque chose se fractura.

– Mais qu'est-ce que vous me voulez ? cria-t-elle à l'endroit de l'homme planté entre la cuisine et le salon.

L'autre resta de marbre. Audrey tomba à genoux et se mit à sangloter.

– Je vous en supplie, laissez-moi partir.

À travers les larmes, elle fixait celui qui la fixait, leurs regards rivés dans un duel inégal pendant un temps interminable ; elle implorante et lui si... tourmenté ?

Quelle était cette lueur qui venait de traverser les yeux du vieil homme ? Une émotion ? Un doute ? Non. C'était plus que ça. Ça ressemblait presque à de la tristesse, mais elle n'osait trop y croire. Or, elle avait bel et bien vu quelque chose de différent, et en elle l'espoir prit la forme d'une petite bille dans son estomac.

– Monsieur Beauchamp ? murmura-t-elle.

La jeune fille se leva et fit un pas vers lui.

Avec un bruit écœurant de succion et de déchirure, Édouard Beauchamp se détacha du chambranle et glissa en direction d'Audrey.

Bouge !
Cette fois, elle obéit à la voix et courut vers le seul refuge qu'il lui restait : la salle de bains à côté de l'escalier. Elle passa si près du monstre qu'elle sentit une chaleur en émanant, puissante et mortelle. Sans le regarder, elle s'élança vers la porte ouverte et la referma avec force ; son sac tomba par terre et tout le contenu s'étala sur le sol. Plongée dans une obscurité quasi totale, elle chercha à tâtons le mécanisme de verrouillage. « Je suis morte, pensa-t-elle en n'en trouvant aucun. Il est juste là. Il va entrer d'une seconde à l'autre et... »

Sans qu'elle puisse s'en empêcher, les clichés des carcasses jonchant le sol de l'étage apparurent dans sa tête comme une série de diapositives macabres. Le désir de ne pas être la prochaine victime lui fit déployer un ultime effort : elle s'adossa à la porte et posa le pied sur la cuvette, quelque part dans le noir. Puis elle tendit sa jambe et raidit son genou pour fortifier sa position, murmurant une prière, le corps secoué de tremblements.

Une seconde. Deux secondes. Cinq. Dix. Aucun bruit ne lui parvenait de l'autre côté et il lui était impossible de savoir si Édouard Beauchamp s'était rapproché ou non. Dans la petite pièce, Audrey ne pouvait entendre que son propre souffle, brisé par la peur, qui tranchait l'obscurité.

Soudain, elle sentit un chatouillement sur son talon. Comme des coups de langue mouillée et collante. Comme des petits fils grouillants, affamés, cherchant le bon endroit pour s'agripper.

« Il est en train de passer sous la porte ! Mon Dieu, aidez-moi, je n'en peux plus... »

Audrey bondit sur ses pieds et se frappa violemment les mollets, mais ce qui s'y trouvait n'y était plus. On l'avait fait quitter son poste, et maintenant plus rien n'empêchait la chose d'entrer et de la vider de l'intérieur pour la laisser se faner comme une fleur morte. Sa tombe serait une grande chambre du deuxième, 1402, rue Plessis. On la chercherait en vain pendant des semaines tandis qu'elle serait condamnée à regarder de ses orbites creuses les visages éteints des autres dépouilles – malheureux piégés comme elle combien de temps auparavant ? Il ne lui restait plus qu'à se blottir dans un coin et à attendre l'inévitable. Elle recula vers le fond de la salle de bains et sentit soudain un frôlement dans ses cheveux : c'était une chaînette qui pendait du plafond. Elle la tira d'un coup sec et une ampoule s'alluma, éclairant faiblement la pièce. Puis la porte s'ouvrit.

Désespérée, Audrey chercha quelque chose avec quoi se défendre. Mais, mis à part la cuvette et un petit lavabo, la pièce était vide, hormis le contenu de son sac éparpillé sur le sol : des élastiques, des produits de beauté, une brosse à cheveux, son trousseau de clés, des breloques de toutes sortes, une bouteille de fixatif et un briquet Bic rose.

Elle saisit l'aérosol et le secoua pour confirmer ce qu'elle savait déjà : il était à moitié vide. Malheureusement, ce n'était pas aussi certain dans le cas du briquet. Elle ignorait depuis combien de temps il se trouvait là ; c'était un de ces objets que l'on a dans ses affaires sans trop savoir d'où il vient, pourquoi il s'y trouve et comment il se fait que l'on ne l'ait pas déjà jeté à la poubelle.

La créature avança lentement dans la salle de bains, empestant la sève et le pain moisi. Audrey ramassa le Bic rose et, d'un pouce humide et hésitant, fit rouler le métal sur le silex. Une étincelle jaillit, comme un minuscule feu d'artifice. Rien de plus.

Ce fut alors au tour d'Édouard Beauchamp de lancer un cri terrifié, semblable au mugissement d'un vent violent, s'échappant de la plaie verte et béante qui lui servait de visage. La chose eut un mouvement de recul, devinant le danger, saisissant ce que la jeune fille tentait de faire.

Audrey ferma les yeux, eut une pensée pour ses parents, pour son frère cadet, pour sa propre vie, et actionna de nouveau le briquet. Une petite flamme s'éleva devant ses yeux, vacillante et presque limpide.

De l'autre main, elle pressa le bouton de l'aérosol et dirigea le jet vers la chose, qui rugissait comme un animal effrayé. Audrey approcha le feu du cône de gaz s'échappant dans l'air; celui-ci s'embrasa aussitôt, dégageant une ardente chaleur.

Édouard Beauchamp cria de plus belle alors que le lainage vert qui jadis habillait un homme prenait feu. Il battit en retraite vers le salon, tanguant d'un bord à l'autre sur les racines poisseuses qui lui tenaient lieu de pieds. L'orangé du feu contrastait avec le monstre vert rosé qui reculait vers la cuisine.

Audrey le prit en chasse, brandissant la bouteille de fixatif et le briquet bon marché et affichant un air triomphant dans un regard qui frôlait la folie.

– Laisse-moi sortir d'ici! vociféra-t-elle en braquant son armement de fortune. Laisse-moi sortir ou je fais brûler toute la maison!

Audrey observa la chose qui s'affaissait sous les flammes tandis que les vêtements du vieillard se consumaient et disparaissaient dans une fumée grise. En dessous, son dos bulbeux s'était couvert de cloques qui pulsaient et crépitaient bruyamment.

Tout à coup, la créature appela Audrey de sa fausse voix, celle du vieil homme. La jeune fille la reconnut sans peine et frissonna en se rappelant la conversation téléphonique qu'ils avaient eue le matin même. Cette voix-là l'implorait ou la maudissait, à travers un flot de syllabes visqueuses, dans un langage incompréhensible.

Elle secoua la bouteille de fixatif : il n'en restait plus beaucoup. Sous le joug de la panique, elle en avait trop dépensé et sans réussir à blesser sérieusement la chose, qui revenait à présent vers elle.

Le peu qu'il lui restait devrait être utilisé judicieusement.

Et elle croyait savoir comment.

Audrey gravit les marches trois par trois malgré tous ses muscles qui l'élançaient. Dès qu'elle perçut une envoûtante odeur de noisette dans le couloir, elle se couvrit le nez de son avant-bras pour échapper aux effluves émanant des murs, comme si ces derniers avaient tenté de nouveau de l'enivrer pour la dissuader de mettre son plan à exécution.

Mais elle n'avait plus le choix ; derrière, la chose se rapprochait, inexorable.

Audrey se rua dans la pièce où Angélique Beauchamp croupissait toujours dans son lit ensoleillé, les yeux ouverts dans un visage tiré par la maladie. Tout en visant de son artillerie la vieille qui gargouillait continuellement, Audrey alla se placer de l'autre côté du lit et attendit, haletante, que son ennemi fasse irruption dans la chambre.

La créature entra et la vue de la jeune fille menaçant la vieille femme la figea sur place. À cet instant, Audrey aurait voulu éclater d'une rire victorieux, mais elle resta aussi pétrifiée que la chose, qu'elle voyait pour la première fois en pleine clarté.

D'Édouard Beauchamp ne restait que la chevelure blanche. On aurait dit que, une fois débarrassée de ses vêtements et de son apparence humaine, le monstre s'étendait maintenant dans toute son horreur : ses membres, qui étaient en fait de multiples appendices verdâtres se tortillant et se dédoublant sans fin, s'étiraient à partir d'un tronc massif et lustré. Les parois de la bouche étaient tachées de rouge et enduites d'une bave collante et épaisse.

La chose glissa vers Audrey ; en quelques secondes, de fines lianes surgirent du sol autour de ses pieds et commencèrent leur ascension.

Audrey approcha encore plus du visage de la vieille l'aérosol et le briquet.

– Ne me touche pas ou je l'allume comme un feu de foyer ! cria-t-elle d'une voix où la bravoure et la peur s'entrechoquaient. Et enlève ça de mes jambes !

Les mains brandies, Audrey fit deux mouvements secs vers la droite.

– Passe de ce côté et longe le mur jusqu'à l'autre coin, là-bas !

Édouard Beauchamp grogna mais obtempéra, bougeant dans la direction que lui indiquait sa proie. Audrey recula à son tour, passant derrière le lit, menaçant toujours la vieille qui se lamentait. À chaque mètre que la bête faisait vers la droite, Audrey bougeait vers la gauche, de façon à rester à l'opposé du monstre et à l'écart de ses plus longs tentacules.

– Maintenant, je m'en vais ! Je vais partir et vous ne ferez rien pour m'en empêcher ! hurla-t-elle avec une pointe d'arrogance dans sa voix chevrotante. Bon sang ! je ne sais pas ce que vous êtes et ce que vous avez fait à ces gens de l'autre côté, mais ça ne m'arrivera pas à moi, ajouta-t-elle en sanglotant. Pas à moi !

Audrey fit un geste vers la sortie mais la rapidité avec laquelle Angélique Beauchamp lui saisit les deux mains la laissa stupéfaite. En une fraction de seconde, la femme s'était redressée et avait empoigné la jeune fille de la même manière qu'elle l'avait fait auparavant, mais avec beaucoup plus de force.

Affolée, Audrey frotta le briquet, qui s'alluma du premier coup ; de l'autre main, elle appuya sur le bouton et un jet de fixatif aspergea la vieillarde en plein visage. Mais, avant qu'elle ne puisse rapprocher la flamme et le gaz, Angélique Beauchamp resserra sa poigne, tel un étau sur lequel on insiste même s'il est fermé, et broya les mains de sa captive comme si elles n'avaient été que des biscuits secs.

La dernière chose qu'Audrey vit avant de sentir quelque chose lui grimper le long des cuisses fut le visage changeant de la vieille femme, passant du beige pâle au vert rosé, puis s'ouvrant et s'égouttant comme une plaie qu'on agrandit. À ses côtés, son monstrueux compagnon s'activait à toucher le corps d'Audrey de ses membres insidieux, se mouvant sur elle, la brûlant, léchant ses hanches, son dos, s'infiltrant dans sa bouche, dans son sexe.

La jeune fille sombra dans le noir avec en tête l'image d'un reflet dans un miroir, le sien, lui montrant un visage fané et aux orbites vides.

🌲

Cette nuit-là, Édouard se coucha doucement auprès d'Angélique. Dans un petit lit, à l'étage d'une maison de bois bordée de fleurs, au milieu d'une chambre vide enveloppée du bleu de la lune, leurs fronts roses et sans rides se touchaient dans un baiser tendre qui durerait jusqu'au matin.

— Édouard ? murmura la vieille femme en caressant les lèvres de son mari d'une main embaumant toutes les fleurs du monde, je t'aime.

L'homme sourit. Il vit les cheveux de sa belle se confondre avec les siens en un long voile de soie blanche.

— Je t'aime aussi, Angélique.

Octobre s'impatientait avec ses vents brusques et ses neiges passagères. Dans une arrière-cour au gazon toujours vert, Édouard Beauchamp vaquait à ses arbres parés de feuilles couleur de sang. Il versait de l'eau tiède à la base des troncs, qui bleuissaient par endroits, mordus par le gel. Il les touchait et sentait leur sève couler au ralenti sous l'écorce fine.

Le vieil homme avait confiance. Ses arbres traverseraient la saison dure ; il les soignait depuis longtemps, et il continuerait à le faire pendant bien des années encore. Il les connaissait d'ailleurs si bien : les plus grands étaient fiers et solides et demandaient peu ; les deux autres exigeaient plus de soins, plus de doigté, mais ça ne l'inquiétait pas.

Non. Il était préoccupé surtout par le dernier-né. L'arbuste avait émergé au début du printemps et avait tardé à s'épanouir, luttant contre la vie, malgré les soins prodigués par le vieillard et sa femme. Mais, récemment, de petits bourgeons écarlates étaient apparus et l'homme savait qu'il fleurirait bientôt.

Lui et Angélique s'en occuperaient tous les jours, à toutes les heures. Ils le cajoleraient, lui parleraient et l'écouteraient.

Le nouvel arbre ne manquerait jamais d'eau, et aurait toujours la bonne dose de soleil. Il deviendrait un magnifique feuillu, coloré d'un rouge puissant, peut-être le plus beau spécimen que l'on ait jamais vu.

Et tant qu'Édouard et Angélique Beauchamp seraient de ce monde, l'arbre ne manquerait pas d'amour non plus.

Masquerades

Daniel Saint-Germain

Déboussolé, il est debout devant l'oriel de son loft. Fenêtre bedaine qui donne sur la peur. Sur sa peur. Découragé, il fixe la rue par l'oriel de son loft loué. Au fond de la pièce sombre vacille la flamme de la mèche tordue d'une bougie plantée dans le goulot d'une bouteille de bière vide. La faible lueur titube sur le dos de l'homme qui pousse son ventre dans la vitre et qui pense sérieusement à se désorieller, à se désorienter pour en finir une bonne fois pour toutes, poisson solitaire perdu dans l'aquarium de sa vie. Il sent cette lueur. Lointaine. Il se l'imagine. S'identifie à elle. S'imagine être cette lueur qui se projette et qui regarde et flatte sa nuque, ses épaules, son dos, ses fesses, ses cuisses.

De l'immeuble d'en face, on doit sûrement tout voir, se dit-il. Il croit avoir vu bouger un rideau, tout à l'heure. Mais il n'en est pas certain. De toute façon, il s'en fiche. Au point où il en est. Il a tellement l'habitude d'être regardé, de se faire voir. Surtout à Val-d'Or.

Il est nu. Flambant. Ardent. Brûlant. Arrogant. Et immobile. Si près et si loin de lui-même. Ses mains sont appuyées sur le cadre de l'écran. Son regard est perdu entre ses propres orbites et celles, nombreuses, d'en face, qu'il voit briller de leurs feux électriques. Il est entre hier et aujourd'hui. Entre ici et ailleurs. Entre Amos et Val-d'Or. Tout est calme dans la grande pièce. Sur un lecteur de cassettes, Richard Desjardins vient de terminer *Tu m'aimes-tu*. Mais, pour l'homme, le ruban tourne encore. Cette chanson-question le hante depuis la toute première fois qu'il l'a entendue, à Rouyn-Noranda, au cabaret de la Dernière-Chance, le soir où il a fait la connaissance de Véronique. « La tête me tourne, se dit-il. Ça tourne. Saturne. Je suis saturnien, a-t-il encore la force de plaisanter. Je suis saturnien depuis tellement longtemps.» Et il a brusquement une brève pensée pour le rêve familier de Verlaine : «… l'inflexion des voix chères qui se sont tues». Véronique…

Tout est silencieux dans le loft. Aucune ombre. Sauf celle qu'il perçoit de son corps dans l'oriel. Aucun son non plus. Sauf maintenant le zézaiement chaud d'un moustique chaud qui arrive et repart, arrive et repart. Inlassablement. Comme si le temps avait des ratés. Comme s'il bégayait.

Côté verso, le clair-obscur donné par la flamme qui tremblote. Côté recto, l'ombre qui cache le tressaille-ment à peine perceptible du sexe dressé. Et le cligne-ment des yeux. Entre ici et ailleurs. Entre cet écran et l'autre. Entre ses propres yeux et ceux d'en face.

Il a chaud. La peau est moite. Du corps tendu suintent les souvenirs et les rêves éveillés qui viennent de s'éteindre avec Desjardins, mais qui durent encore. Le membre est toujours raide. Depuis longtemps. Depuis toujours, lui semble-t-il. Comme la tige d'un cierge de Notre-Dame.

En face de lui, la fenêtre maintenant sombre d'en face. La seule. Celle dans laquelle il a vu, tout à l'heure, bouger le rideau. Et son propre regard, entre ici et ailleurs. Entre Amos et Val-d'Or. Derrière, la lueur clignotante de la bougie plantée dans le goulot d'une bouteille de bière vide qui jette sa lumière sur sa nuque, son dos, ses fesses et ses cuisses, et qui se perd à mi-mollets. Et Desjardins et Verlaine et Véronique qui viennent de s'envoler... mais qui sont toujours présents. Devant lui, rien. Sauf un tressaillement à peine perceptible. Le sautillement d'une bergeronnette. Derrière, presque rien non plus. Sauf l'envol silencieux de Desjardins et le souvenir de Verlaine et de Véronique et l'impatience du moustique qui n'en finit plus de zozoter. Et la lueur de la bougie fichée dans le goulot d'une bouteille de bière vide. Le temps s'est arrêté, suspendu à l'unique seconde de l'instant présent. Entre deux temps. Il est planté devant le vide. Depuis une heure. Depuis longtemps. Depuis toujours. Depuis l'accident fatidique. Les yeux vitreux plongeant à travers la vitre dans le noir de la nuit.

Une vitre le sépare du vide, de son vide. Du trou noir qui tombe au bout de l'encorbellement de l'oriel. Il n'a plus de consoles ni de consolation pour le soutenir. Plus de corbeaux de pierre ou de bois pour le retenir, seulement des corbeaux mythiques pour entretenir sa mélancolie, son spleen, son désespoir. *Nevermore.*

Soudain, il a l'irrésistible envie de sortir de sa retraite. De son repaire. De sa niche. De son enfeu dans lequel il brûle depuis si longtemps, depuis toujours. Le goût d'aller vérifier. Encore une fois. Une dernière fois, peut-être. Le goût d'aller vérifier la vie. Le sens de l'existence. L'essence de sa vie. De son existence. D'aller voir si sa vie correspond à ce qu'il en pense. Malgré l'idée préconçue et depuis longtemps conçue qu'il en possède. Il veut aller affronter le monde. Celui dont il est exclu depuis le terrible événement. Le monde qui existe dehors. Dans les rues d'Amos. En dehors de lui. En dehors de ce qu'il est. De ce qu'il a été. De ce qu'il aimerait redevenir. Le monde qui lui est maintenant refusé. Mais il hésite quand même, face à son oriel, à cette jetée de non-retour. Entre l'agréable sensation de son érection et son isolement intolérable. Puis il se décide. Oublie son émoi. S'habille. Met son masque. Encore une fois. Et sort. En dehors de sa coquille. De son aquarium. De son loft. De son oriel. Il sort. Avec son masque, comme d'habitude. Il franchit le seuil qui mène de plain-pied à la réalité. Et qui conduit, il le sait, aux rêves déçus. Les rêves qu'il ne connaît plus que par le rêve. Les rêves qu'il a depuis longtemps rêvés. Qu'il a toujours imaginés. Depuis longtemps. Depuis toujours. Il sort. Après avoir bu sa peur et son désarroi. Et sa détresse et sa solitude. Et son découragement.

Il n'a pas franchi un coin de rue qu'il doit déjà s'expliquer, justifier sa présence et son aspect à deux policiers inquisiteurs, leur montrer ses papiers. Et la lettre du docteur Salomon.

Il marche sans but dans les rues tranquilles et les ruelles sombres. Sous les regards étonnés des rares passants.

Ses souliers, ironiques, le conduisent à un endroit insolite. Amos le surprend.

Il est devant un établissement dont l'enseigne a attiré son attention : *Pub anglais*. D'un pas chancelant, il entre. Avec son masque.

Il est brusquement accueilli par un portier des plus ordinaires qui lui baragouine quelque chose en anglais.

Il ne saisit pas tout de suite.

— *Back lane*, reprend le cerbère.

— Ah ! la ruelle ? T'aurais pu le dire en français, non ?

– Mon *esti*, toi, tonne le bonhomme en bombant le torse.

« Pas commode, le portier. » Mais il n'en a cure. Il est habitué, maintenant. Depuis le temps. Et puis il s'en fout, il n'a rien à perdre. Au point où il en est.

Comme le colosse s'avance pesamment vers lui, un maigre et ridicule personnage surgit soudainement près d'eux.

C'est un fou du roi, un zouave pontifical, non, plutôt un hallebardier britannique qui tient à la main ce qui ressemble plus à une crosse d'évêque qu'à une arme d'hast : pâle imitation des gardiens traditionnels de la tour de Londres.

– *Leave it to me*, Johnny, ordonne le Beefeater avec un mauvais accent anglais.

– *Yes boss*, réplique le gorille avant de détaler comme un lièvre.

Sans autre parole, la caricature abandonne sa hallebarde et l'entraîne à l'intérieur.

Dans le petit hall aux murs nus, une porte ouverte donne sur le bar. Musique étrangère. Il a tout juste le temps d'entrevoir un couple de danseurs qui, à grandes enjambées, sautent au rythme de la musique.

En le tenant par le coude, le Beefeater le conduit dans un étroit et long couloir dont l'entrée est dissimulée derrière un gros Big Ben en bois. Ils marchent ainsi en silence jusqu'à une porte sur laquelle un panonceau annonce en anglais : *Masquerades*.

Avant d'entrer, avant que le visiteur n'ait eu le temps de se ressaisir, l'étrange guide lui demande, en français :

– Pouvez-vous me rappeler votre nom, s'il vous plaît ? Vous savez, la mémoire est une faculté qui…

– Simon Daviau, répond Simon.

– Eh bien, monsieur Simon, je vous suggère fortement de passer par la porte arrière la prochaine fois.

C'est plus discret et c'est à cet endroit que se trouvent les loges. On se doit de faire preuve d'une très grande vigilance, même si les autorités ferment facilement les yeux. Vous savez, le phénomène est tout nouveau ici en région.

– Oui, oui, opine Simon docilement, sans rien comprendre et sans poser de questions, sourire en tête.

Puis le Beefeater pousse la porte et le fait entrer en s'inclinant légèrement.

– Bonne soirée! fait-il simplement.

Ce que Simon découvre alors dans une pièce sombre et enfumée a de quoi l'étonner et lui faire oublier les questions qui commencent à se bousculer.

D'abord, la tranquillité des lieux. Un calme feutré. La salle est presque pleine. Les occupants sont sagement assis autour de petites tables rondes habitées de verres, de bouteilles et de cendriers. Certains discutent à voix basse, d'autres sont silencieux, fixant d'un air hébété les tableaux de mauvais goût qui décorent les murs. À droite, un long comptoir de service derrière lequel un immense cadre jaune retient l'exubérance et le sourire niais d'une lady Godiva à cheveux courts qui, sur sa monture, a pris en croupe un bellâtre dont on devine les intentions; en face du bar, de l'autre côté, une estrade. Autour de la salle, des lits, des banquettes, des divans, des fauteuils, des sofas, des ottomanes, des récamiers. Chose étonnante, tous les occupants portent un masque. De plus, beaucoup sont affublés de costumes bizarres ou de déguisements des plus classiques. De l'incontournable cheik d'Arabie au mignon petit chaperon rouge, en passant par King Kong en miniature, Zorro et Jules César dans toute sa gloire, tous, sans exception, ont la figure masquée. Même ceux qui ne portent pas d'accoutrement.

Simon vient de tomber dans un autre monde. De l'autre côté du miroir.

– Mardi gras ? Halloween ? demande-t-il en riant à un homme masqué qu'il présume être le placier. Ce dernier, stoïque, ne répond pas, empoche le pourboire offert en esquissant l'ombre d'un sourire poli. Pendant qu'on le conduit à une table qui lui paraît située au bout du monde, il remarque que quelques clients le désignent du doigt ou du menton en murmurant entre eux.

La salle est d'un calme imperturbable. Simon a l'impression que les consommateurs sont en attente.

Il est maintenant assis seul à sa table. Sur laquelle se trouvent bloc-notes et crayons.

On lui sert une stout qu'il a commandée. Ses yeux et ses oreilles explorent et scrutent.

Il est mal à l'aise. Cette atmosphère lui fait peur. Il songe sérieusement à regagner la protection de son loft quand une main se pose sur son épaule et le fait sursauter. C'est le Beefeater, le seul occupant des lieux qui ne soit pas masqué.

Celui-ci s'assoit près de lui.

– Je m'appelle Adrian Masker, annonce-t-il à brûle-pourpoint en prononçant son nom à l'anglaise. Je suis propriétaire du pub. Je possède également le *Masquerades*. Puis-je vous demander qui vous a recommandé à nous ?

– Euh... personne, répond Simon, de plus en plus mal à l'aise. Je suis arrivé ici par hasard.

– Mais... alors, pouvez-vous m'expliquer ce masque ?

– Ce masque ? Mais, ici, tout le monde est masqué, à ce que je vois. Nous sommes bien au *Masquerades*, non ?

– Mon cher monsieur Simon, déclare Adrian Masker catégoriquement, n'entrent dans ce club que ceux qui portent un masque, j'en conviens avec vous, mais qui n'y arrivent pas par hasard. Vous êtes ici dans un club privé. Le savez-vous ?

– Un club privé ? Mais pourquoi alors m'y avoir fait entrer ?

– Parce que... parce que... je n'avais pas remarqué que vous ne portiez pas l'épinglette. On vient de m'en informer. Je vous demanderais donc de quitter immédiatement les lieux. Un club privé se doit de faire preuve de la plus grande discrétion. La discrétion, mon cher monsieur Simon, c'est la pierre d'assise de toute organisation comme la nôtre.

Celui qui se considère maintenant comme un véritable intrus jette un rapide mais attentif coup d'œil autour de lui. Il constate alors que chacun des occupants arbore une petite épinglette dorée.

Un court instant de silence s'installe entre les deux hommes.

Sur la scène, un maître de cérémonie masqué vient de faire son entrée devant un lourd rideau bourgogne.

Le propriétaire reprend la parole :

– Mais si vous désirez faire partie de notre club très sélect, dit-il en se penchant vers Simon avec des mimiques de conspirateur, vous n'avez qu'à me suivre et je vous expliquerai... Quoi qu'il en soit, venez dans mon bureau.

Puis il se lève et se dirige vers une porte que Simon n'avait pas remarquée, pendant que l'animateur débite la présentation d'un spectacle sur le point de débuter.

La salle commence à s'échauffer.

D'un seul trait, Simon écluse sa bière, se lève à son tour et, étonné de son audace, se rend au bureau du patron.

Dans son petit local en désordre, le maître des lieux est assis derrière une longue table jonchée de papiers. Des petits classeurs portatifs sont posés sur une basse étagère près de la porte.

– Monsieur Simon, dit Masker, sérieux, je suis né à Lowell, au Massachusetts. Comme Kerouac. De la «bite generation », ajoute-t-il en mimant des guillemets avec ses doigts. D'ailleurs, c'est à cause de cette génération de dégénérés que nous sommes aux prises aujourd'hui avec le sida.

Devant le sourire narquois de Simon, il poursuit :

– Notre organisation possède en Nouvelle-Angleterre quelques clubs semblables à celui-ci. Peut-être en avez-vous déjà entendu parler ? Le *Masquerades* est une première expérience ici en Abitibi. Mais venons-en aux choses sérieuses : vous n'êtes pas arrivé ici pas hasard, je le sais... Qui vous a recruté ?

Vivement, Simon donne le nom d'un des personnages entrevus dans la salle :

– C'est Bugs Bunny.

– Martin ? s'étonne Adrian.

– Oui, Martin en personne, approuve Simon sans savoir qui peut bien être ce Martin.

– Alors là, si c'est Martin, il n'y a aucun problème. Je m'excuse et vous fais grâce de la paperasserie. Vous n'avez qu'à signer ce formulaire et à y joindre votre contribution. Les amis de mes amis sont mes amis. Appelez-moi Ade.

Cinq minutes plus tard, Simon revient dans la salle et regagne sa table. Masker lui a tout expliqué, mais en termes tellement vagues que Simon n'a pas tout saisi : la philosophie du club, les objectifs, les règlements, les nombreuses activités, les jeux toujours drôles et dans les limites du bon goût et de la décence. Et la chance qu'il a de participer à sa première nuit saturnale, jeu-spectacle qui a lieu chaque premier samedi du mois. Simon n'a pas tout compris. Mais a payé sa cotisation. À sa prochaine visite, il recevra son épinglette dorée.

Sur la table, une bouteille de Dom Pérignon dans son seau à glace et une coupe de cristal ont été déposées.

Devant son hésitation, un serveur masqué s'approche et lui souffle à l'oreille:
- De la part de M. Ade. Ce soir, c'est la maison qui régale. Passez une bonne soirée, monsieur.
Simon ne sait trop que penser. Encore une fois, il s'est laissé embarquer, songe-t-il. C'est toujours la même histoire. Depuis quelque temps, il succombe un peu trop souvent à des impulsions qui, autrefois, le faisaient hésiter. Ne vient-il pas de signer un chèque au montant assez élevé pour devenir membre d'un étrange club privé dans une petite ville qu'il croyait connaître comme le fond de sa poche?
Le spectacle annoncé bat maintenant son plein. Chanteurs, danseurs, imitateurs, magiciens et jongleurs se succèdent sur l'estrade. La musique est quelconque, les participants, tous des amateurs, ne font pas toujours preuve de bon goût, ce qui n'empêche pas les spectateurs d'applaudir. Néanmoins, Simon oublie ses tracas et les questions qui le taraudent. Il est presque heureux parmi ces gens qu'il est sur le point de considérer comme ses semblables. Il sent qu'il vient de trouver sa place.
Le champagne commence à le griser sérieusement et à lui faire oublier sa vie.
Il n'a pas sitôt fait couler la dernière goutte dans sa coupe qu'une autre bouteille occupe la place de celle qui vient de mourir. L'étiquette est la même, mais le contenu a un goût différent. Il réalise facilement la supercherie malhabile mais n'en fait pas de cas. «Après tout, se dit-il, ce n'est pas moi qui paie... même si j'ai payé le gros prix.» Il a l'âge et l'expérience de comprendre la duplicité des hommes.
La première partie de la soirée vient de prendre fin. La salle est dégelée. Un interlude est annoncé.
Les Beatles sur cassette prennent la relève. *Yesterday*.

Simon est subjugué. Transporté par les souvenirs qui jaillissent. Souvenirs lointains qui remontent à l'époque d'avant. D'avant les événements. Souvenirs de Véronique. La belle Véronique de Rouyn-Noranda. Du temps où il était heureux et insouciant et sans souci aucun. Les Beatles... Desjardins... Verlaine... Véronique qu'il a connue au cabaret de la Dernière-Chance et qu'il a revue par la suite au bar *Chez Bach*. Véronique. L'amour.

Une bouteille et demie...

Il ne se pose plus de questions. Ne comprend pas ce qu'il fait dans cette nef où il vient de tomber. Pour le moment, il préfère se laisser bercer par l'agréable engourdissement qu'il a inauguré cet après-midi dans le secret de son loft.

Tout à coup, une Blanche-Neige éclatante apparaît devant lui. Qui possède peau blanche et cheveux de jais. Qui ne dit mot. Et qui prend chaise près de lui. Tout près. Très près. Si près qu'il peut aisément capter son haleine de houblon. Et son parfum *Opium*. Et sa sensualité. Et son sexe. Oui, il en est sûr, il sent son sexe. Lui qui n'a pas humé de femme depuis tellement longtemps, depuis Véronique. Une fragrance qu'il retrouve avec fureur et délectation.

Détail étrange, elle porte un masque identique au sien. Plus qu'un simple loup.

Puis, soudain, Blanche-Neige lui parle. Il écoute, penché vers elle. Jette ses yeux sur les deux colombes qui palpitent au corsage pigeonnant. Mais il ne saisit ni ne comprend rien. Malgré l'attirance du parfum, de la sensualité, du sexe. Il ne saisit ni ne comprend rien. Comme tout à l'heure avec Ade.

Ne saisit ni ne comprend pourquoi une quelconque Blanche-Neige l'aborde ainsi et lui tient un discours sans queue ni tête.

Mais la situation est agréable. Le décor étrange. L'atmosphère surréaliste.

Il reprend soudain goût à la vie. Tout reviendra comme avant, se dit-il. Il le faut.

Autour de lui, autour d'eux, des personnages que des créateurs ont inventés pour s'évader du banal quotidien. Des masques, des maquillages et des costumes pour sortir de la réalité, pour se donner l'illusion du bonheur. Des personnages pour se fuir soi-même.

Simon n'écoute ni ne saisit vraiment le soliloque de Blanche-Neige. Qui s'appelle Blanche-Neige parce que, croit-il quand même comprendre, c'est le seul costume que celle qui la représente ait trouvé. Blanche-Neige aurait pu s'appeler tout simplement Ginette ou Francine, mais elle s'appelle Blanche-Neige. Il n'existe aucun déguisement de Ginette où de Francine.

L'ambivalence revient le faire tanguer. Simon se voit perdu parmi tous ces masques. Parmi tous les membres de ce club *Masquerades* secret, club dit sélect, qui n'est pas si sélectif, après tout. Parmi tous ces membres qui ont de vrais faux masques. Et qui cherchent à jouer un rôle autre que le leur quand lui-même joue le sien propre.

L'interlude vient de prendre fin. Blanche-Neige lui demande s'il désire participer au grand jeu de la nuit saturnale. À la suite de son refus, elle se lève et disparaît dans la salle.

Autre bouteille. Tout s'embrouille.

Le maître de cérémonie annonce l'activité spéciale de la nuit saturnale, le «Qui est qui?». Des prix intéressants. De l'argent. Des voyages.

Il parle d'inscription. L'assistance exulte. Des braves quittent leur chaise et se rendent derrière le rideau pendant que ceux qui rempliront bientôt le rôle de spectateurs saisissent papier et crayon en retenant leur souffle.

Simon se lève. S'enligne vers les toilettes. Titube. Réussit à s'y rendre, non sans avoir buté contre un Peter Pan grassouillet et un Pinocchio ridicule.

Il a chaud. Son masque lui fait mal, mais il n'ose pas l'enlever, pas même pour s'aérer la figure quelques secondes dans le secret de la cabine. Si on le surprenait sans son masque, ce serait l'expulsion sans aucune forme de discussion. C'est un des plus importants règlements du *Masquerades*. Le plus strict, peut-être, d'après ce qu'il a pu comprendre tout à l'heure de la bouche même de M. Ade. Et il veut voir la suite. Et puis il a oublié sa pommade. Il fait ce qu'il a à faire, et retourne s'asseoir en espérant revoir Blanche-Neige et ses deux colombes. Aucune trace d'elle, si ce n'est son parfum qui flotte encore autour de la table.

Le grand jeu de la nuit saturnale, le «Qui est qui?», vient de commencer. En plusieurs épisodes, on présente trois concurrents par leur nom de personnage ou un nom d'emprunt. Ceux-ci passent ensuite derrière le rideau. On attend quelques instants, puis le rideau glisse sur sa tringle, découvrant un imposant paravent dans lequel trois ouvertures numérotées ont été découpées. Par ces ouvertures, les concurrents volontaires exhibent une partie de leur anatomie. Les spectateurs doivent alors associer par écrit le nom du concurrent et le numéro de la fenêtre... Jeu pour exhibitionnistes et voyeurs. Simon n'en croit pas ses yeux. Ici, à Amos? À l'ombre de la cathédrale?

On rit. On fait des remarques grossières. On crie. On siffle. On applaudit. On hurle. Bref, on s'amuse. Comme des fous.

L'épisode final du concours : des corps nus qui se pavanent sur l'estrade, la figure plus ou moins bien couverte. Les spectateurs ont peine à se contenir. Simon croit rêver, se perçoit comme figurant dans un affreux cauchemar dantesque.

Après le dépouillement des résultats de cet étrange concours et l'attribution des prix, tout déboule. Les lumières se tamisent. On perd alors le contrôle de la salle. Et c'est voulu ainsi…

Personne n'est resté insensible à un tel spectacle. Déjà, certains spectateurs ont commencé à se caresser. C'est le cas de Barbe-Noire et de d'Artagnan qui déjà s'onanisent allègrement au vu et au su de tous. Sur une banquette, le long du mur, un dandy anglais et une Jeanne d'Arc passablement éméchée se livrent à qui mieux mieux aux joies du coït. Un peu partout dans la salle, on s'adonne à des jeux érotiques, sur les meubles de repos ou directement sur le sol. À mains pleines et à bouche que veux-tu. Où les yeux se posent, ce ne sont que corps dénudés, chairs offertes, contact, fusion. Les oreilles captent murmures, gémissements, cris, plaintes. Ce ne sont que courses effrénées, reptations expertes, positions dignes des pages les plus techniques du Kama Sutra. Une bacchanale des plus débridées, une orgie telle que Simon n'aurait jamais pu l'imaginer. Une pétaudière. Une pagaille. Une chienlit. Mais aucun masque ne tombe. « Tout doit se faire dans les limites du bon goût et de la décence », lui a précisé M. Masker.

Simon est collé à sa chaise, incapable de réagir. Il n'aurait jamais cru qu'une telle licence puisse exister. Devant lui, aucune tendresse ni sensualité. On saute directement au brut et au cru de la chose, sans dentelle ni fioriture. « Où suis-je tombé ? » se demande-t-il.

Il est maintenant complètement ivre. Toute cette débauche de chair le trouble et l'agace à la fois. Son corps ne sait plus. Il pense à Véronique. Cherche Blanche-Neige de l'œil. Il est seul et soûl.

Puis il sombre…

Et ce n'est qu'au petit matin qu'il reprend contact avec la réalité. Il est dans son loft. Dans son lit. Encore masqué. Étendu auprès du corps chaud de Blanche-Neige qui a également gardé son masque.

Il se rappelle vaguement. Des bribes de cette nuit folle du *Masquerades* lui effleurent le cerveau, gratouillent atrocement la route sinueuse de sa mémoire nébuleuse, et tout ce bric-à-brac se glue et se fond en un indescriptible mâchefer.

A-t-il participé à cette orgie? Succombé à cette gigantesque foire de déchéance? S'est-il livré à ces corps aux chairs pas toujours fraîches, lui qui, depuis tellement longtemps, n'a pas goûté à l'exaltation du sexe, sauf dans l'intimité du plaisir dit solitaire? Et puis qui l'a ramené à son appartement? Blanche-Neige? Ont-ils fait l'amour? Autant de questions qui demeurent en suspens, entre son pénible réveil et l'engourdissement qui lui nimbe encore le cerveau.

Blanche-Neige, soudain, s'anime.

– Encore, lui suggère-t-elle en se tournant sur le ventre.

Il a compris. Déjà prêt, il la saisit à pleines mains et s'enfonce en elle avec délice. Il n'a pas sitôt commencé à s'agiter qu'elle le supplie en mots grossiers de changer d'orifice. À son grand étonnement, il obéit.

Quand tout est consommé, elle se retourne vers lui et lui demande son nom. Puis elle enlève son masque en lui suggérant d'en faire autant.

– Je m'appelle Solange Dorion, dit-elle simplement.

Elle a une figure agréable, un corps qui vient de le satisfaire. Il est à la fois heureux et honteux. Ne sait que dire.

– Moi, je m'appelle Simon, réplique-t-il. Je préfère ne pas enlever mon masque.

– Comme tu veux, répond-elle laconiquement en posant la main sur sa cuisse.

Il lui en sait gré. Car il croit qu'elle ne pourrait pas supporter la vue de son visage. Ne veut pas lui avouer qu'il a été défiguré par un mari jaloux; qu'il est à Amos

depuis seulement une semaine pour fuir les regards
valdoriens et la présence obsédante d'une femme qui,
maintenant, se refuse à lui ; qu'il a rendez-vous encore
une fois à la clinique du docteur Salomon ; et qu'il en a
pour des années, lui a dit le chirurgien spécialiste. Lassé
de toujours raconter son histoire à ceux qui l'interrogent
afin de satisfaire une curiosité qu'il considère comme
malsaine, il a décidé, pour une fois, de taire son
douloureux secret.

De nouveau, ils font l'amour.

– Il y a longtemps que tu es séropositif ? demande
Solange peu après.

Simon ne comprend pas.

– Je ne suis pas séropositif. Que vas-tu chercher là ?
Pourquoi penses-tu que je suis séropositif ?

C'est au tour de la jeune femme de ne pas comprendre.

– Mais… mais parce que tu es membre du club,
comme moi, comme tous ceux que tu as vus la nuit dernière au *Masquerades*. Je croyais que tu savais.

– …?

– Pourquoi penses-tu que notre club s'appelle
Masquerades ?

Mais Simon n'écoute plus. Il vient de réaliser l'ab-
surdité de sa vie.

Découragé, il jette un sérieux coup d'œil en
direction de l'oriel de son loft…

Le chant du cygne

Anne-Michèle Lévesque

Le docteur Théroux ne savait comment annoncer la nouvelle à Hyacinthe Latulipe. Consciencieux, le jeune médecin avait fait confirmer son diagnostic par un collègue avant de convoquer son patient pour lui dire... Pour lui dire quoi, au juste? «Mon cher monsieur, vous ne serez bientôt plus de ce monde?» Que dit-on à un homme qui va mourir?

De l'autre côté du bureau, Hyacinthe attendait. Que lui voulait donc le docteur Théroux? Pourquoi l'avoir convoqué si rapidement? Il avait pourtant bien dit à la secrétaire médicale qu'il était occupé par d'importantes expériences.

– Pas le temps, mademoiselle. J'irai le mois prochain, comme prévu.

– Je regrette, monsieur Latulipe. Le docteur veut vous voir aujourd'hui. Il vous attend à 14 heures.

– Bon, puisqu'il le faut.

Pour gagner du temps, il n'avait pas mangé, ce midi-là. Ce n'était guère une privation, car il avait presque toujours des nausées. C'était d'ailleurs ce qui l'avait amené à consulter.

Comme le médecin ne parlait toujours pas, il prit les devants :

— Eh bien, docteur ? Qu'est-ce qui cloche ?

Trente minutes plus tard, il aurait été difficile de reconnaître le jeune scientifique dans cet être hagard qui marchait sous la pluie en titubant. Sans but. Il tournait à droite puis à gauche, se heurtait parfois à un coin d'immeuble. Étonnés, les passants regardaient cet homme qui semblait ivre au beau milieu de la journée.

Hyacinthe traversa la 3e Avenue en biais, sans tenir compte du feu de circulation qui tournait au rouge. On entendit des freins crisser sur l'asphalte. De la vitre entrouverte de la voiture, une injure :

— Espèce d'imbécile ! T'es aveugle ou quoi ?

Mais Hyacinthe n'entendait pas plus qu'il ne voyait.

Il s'arrêta dans le parc Lapointe, s'assit sur un banc détrempé et se mit à rire à gorge déployée. Une cirrhose ! Lui qui jamais n'avait consommé une goutte d'alcool !

— Tu viens au bar, Hyacinthe ?

— Non, pas le temps.

— Viens donc, pour une fois. C'est vendredi. Tu feras tes commissions demain.

— J'ai dit non. Je suis occupé.

Avec un haussement d'épaules, ses compagnons entraient dans le premier bar venu, tandis qu'il poursuivait sa route jusqu'à son appartement. Une fois chez lui, il endossait un sarrau blanc et s'enfermait dans la pièce qui lui servait de laboratoire personnel.

Hyacinthe était employé au Centre des parfums Larose. Il s'agissait d'une entreprise très audacieuse pour l'Abitibi, région dont le climat ne permettait guère la culture de grands champs de fleurs. Aussi les Larose cultivaient-ils les fleurs dans d'immenses serres. Les laboratoires attenants, ultramodernes, servaient tant à la recherche qu'à faire les mélanges de fragrances, savamment dosés. Hyacinthe était attaché au service de la recherche d'essences pouvant servir de base à l'élaboration de nouveaux parfums.

Le laboratoire était sa vie. La recherche constituait son unique intérêt, sa seule détente. Il était célibataire et n'avait jamais regretté sa solitude. Après le travail, il rentrait chez lui, mangeait du bout des doigts et s'enfermait des heures durant à brasser des mélanges, à faire macérer des fleurs pour en extraire le suc. Parfois, fourbu, il se jetait dans un vieux fauteuil et dormait quelques heures avant de se relever, le dos meurtri, pour recommencer de plus belle.

Mais, le jour de la consultation, il n'avait aucune envie d'aller dans son laboratoire. Il jeta son imperméable détrempé par terre et pénétra dans la cuisine, où plusieurs tasses sales s'alignaient sur le comptoir. Il jeta un coup d'œil indifférent autour de lui et s'assit à la table, la tête dans les mains. Ainsi, il allait mourir ! Les parfums qui avaient été toute sa vie étaient devenus l'instrument de sa mort. Le médecin avait été clair : l'alcool contenu dans les essences qu'il respirait quotidiennement lui avait donné une cirrhose. C'était profondément injuste, révoltant même.

Les odeurs pouvaient donc tuer ? Et s'il était possible de les doter d'autres pouvoirs ? Mû par cette pensée, Hyacinthe se leva brusquement, entra dans son laboratoire, endossa sa blouse blanche et se mit au travail. Toute la nuit, il se plongea dans de savants calculs. Au petit matin, quand la sonnerie du réveil retentit, il n'avait pas fermé l'œil.

Il avait refusé le certificat d'arrêt de travail proposé par le médecin. Il se rendit donc au Centre, comme d'habitude. Ce qui était inhabituel toutefois, c'était son sourire ravi.

– Alors, cette consultation ? lui demanda le grand patron.

– Rien de grave, monsieur Larose, de petits ennuis de digestion, c'est tout, répondit Hyacinthe en souriant.

Le patron poussa un soupir de soulagement.

– Tant mieux, mon vieux ! Vous commenciez à m'inquiéter.

L'employé réintégra son coin en serrant les lèvres. Il avait tellement mal au cœur ! Mais il ne fallait pas ! Il avait des projets trop importants à réaliser. Ses collègues demandèrent :

– Tu travailles sur quoi ?

– Hein ? Ah ! j'essaie d'améliorer *Bois de rose*.

– C'est pas encore fini, ce truc-là ? Me semble que ça fait longtemps que c'est sur le marché.

Il répondit, l'air indifférent :

– Paraît que nous avons eu des plaintes. Certaines femmes sont allergiques.

Le confrère, désabusé, répliqua :

– Les femmes sont bien toutes pareilles. Si elles sont allergiques à un parfum, elles n'ont qu'à en acheter un autre. C'est pas plus compliqué que ça.

Témoin de cet échange, la réceptionniste intervint :

– Monsieur Lafleur ! Si le patron vous entendait ! Les seuls bons parfums sont ceux qui sont fabriqués par le Centre Larose, voyons !

– Je sais, mademoiselle Iris. Je parlais des parfums Larose, naturellement. D'ailleurs, il y a un parfum qui porte votre nom, si je ne me trompe.

D'un petit air désinvolte, la secrétaire répondit :

– Eh oui, monsieur Lafleur. *Pensées d'Iris* a été nommé en mon honneur.

Impatient de reprendre le travail, Hyacinthe se retournait déjà quand son collègue reprit :

– Tout ça pour les femmes. Qu'est-ce que je dis là ? Pour *une* femme. Savais-tu ça, mon cher, que Larose a lancé sa parfumerie en hommage à son épouse ? Le tout premier parfum, c'était le *Marguerite épanouie*, du nom de Mᵐᵉ Larose.

Nullement intéressé, il répondit, plutôt sèchement :

– C'est bien beau, mais moi j'ai du travail.

Et il s'absorba dans ses mélanges sans plus s'occuper de ses collègues.

De retour chez lui, il continuait le travail entrepris au Centre. Il ne lui fallut guère de temps pour créer son premier parfum, qu'il appela *Feu d'Asmodée*.

– Eh bien, tu mets les bouchées doubles, on dirait. Bon, d'accord, on va mettre ta trouvaille sur le marché. Mais dis donc, pourquoi ce nom-là ?

Hyacinthe rayonnait de fierté.

– Il me semble que ça convient parfaitement à une eau de Cologne pour hommes, vous ne trouvez pas ?

Feu d'Asmodée fit fureur dès son apparition. Phénomène assez curieux, il suffisait qu'un homme se serve de quelques gouttes du parfum pour qu'aussitôt il soit pris d'une frénésie qui lui faisait passer des heures devant un appareil électronique. À Val-d'Or, les ventes de magnétoscopes et d'ordinateurs montèrent en flèche. Son inventeur se promenait avec un sourire satisfait. Il avait réussi !

Il décida de passer à quelque chose de plus difficile. C'est ainsi que *Pistil vainqueur* naquit. Les annonces visaient les timides, leur donnaient de l'audace. Cette lotion après-rasage insufflait aux timorés le courage d'affronter leur patron. Les industriels de la ville se plaignaient d'être submergés de réclamations. Un nouveau flacon fut mis en vente. Les artistes furent conquis par *Corolle musicale*. Cette eau de toilette les convainquait de leur mérite personnel. Peintres et musiciens commencèrent à faire parler d'eux un peu partout dans la province.

Hyacinthe travaillait maintenant presque jour et nuit, comme poussé par un esprit maléfique. Les parfums se succédaient à un rythme quasi diabolique. Chaque nouveauté avait des caractéristiques différentes. *Rocambolesque* provoquait des rêves qui rendaient fou, *Nuit diabolique* rendait les femmes agressives ou leur faisait voir des revenants.

Chaque nouvelle invention lui donnait l'impression d'une revanche. Les parfums le tueraient peut-être, mais pas avant qu'il n'ait atteint son but : semer le chaos dans le monde. Sa dernière trouvaille était une réussite incontestable.

Flacon d'un bleu léger, un ange de verre souriait à la clientèle féminine qui se ruait pour acheter *L'Ange déchu*. Une goutte derrière chaque oreille suffisait et on avait une soif quasi inextinguible d'argent et de biens matériels. Plusieurs hommes d'affaires frôlèrent la catastrophe financière à cause des achats inconsidérés de leur épouse et de leur maîtresse.

Hyacinthe se sentait de plus en plus faible, mais il résistait de toutes ses forces à la maladie. Il ne voulait pas partir avant d'avoir réussi un dernier exploit qui consacrerait sa carrière. Il y parvint.

Méphistofleurs fut un triomphe sans précédent. Une odeur enivrante, particulièrement appréciée, tant par les jeunes filles capricieuses que par les filles de joie.

Les premières sentaient que ce parfum leur permettrait de réaliser toutes leurs fantaisies, tandis que les secondes pratiquaient leur métier avec encore plus d'enthousiasme. Tant et si bien que, dans le feu de l'action, plusieurs de leurs clients purent goûter à des caresses brûlantes avant de trépasser.

Hyacinthe Latulipe mourut peu de temps après le lancement de *Méphistofleurs*. Lucifer l'accueillit chaleureusement et le sacra Grand Hume-Parfum de la Nauséabondieuserie.

Désormais, l'enfer sentait bon.

Le disciple de Thémis

Les chroniques policières
de Gilles Massicotte

Assise à son poste de travail, le haut du corps penché vers l'avant, elle pianotait fébrilement sur le clavier, sa myopie de taupe rivée sur l'écran de l'ordinateur, quand il entra.

Boum! Boum!

Sans tourner la tête ni interrompre son travail, elle salua de la voix celui qui venait d'arriver. Le boss apparaissait toujours au bureau en martelant des deux pieds le tapis de l'entrée comme s'il voulait y laisser là la merde qui traînait dehors et que ses souliers avaient foulée.

– Bonjour, maître Chopain!

– Bonjour, madame! Il y a du courrier?

La secrétaire étira le bras, empoigna une enveloppe sur le coin de son pupitre et la lui tendit.

– Tenez! Cela porte la mention : «Confidentiel. À être ouvert par M. Chopain seulement.» Il y a aussi des comptes recevables. Je m'en occupe.

Les sourcils en forme d'accents circonflexes, l'avocat prit sa correspondance.

– Tiens, tiens ! Pas de nouvelles du ministère de la Justice ?

– Non, rien.

Il posait la même question chaque jour. Trois mois auparavant, il avait postulé pour devenir procureur de la Couronne. La réponse tardait à venir. Dépité, il ajouta :

– Faites-moi un bon café. Voulez-vous ?

– …

Stéphane Chopain s'engouffra dans son bureau. Une fois installé à son meuble de travail, il y posa l'envoi, l'analysant un bref instant. «Vraiment bizarre ! Écrit à main levée. Pas d'adresse de retour. De qui ça peut bien être ?» Puis il décacheta. À l'intérieur, une seule feuille. Il vérifia sur-le-champ la signature au bas de la page : Alex Carson !

«Une lettre d'outre-tombe !»

Chopain avait appris dernièrement le suicide de son client. De plus en plus intrigué, il parcourut le texte :

Monsieur Chopain,

Lorsque vous lirez ceci, je ne serai plus de ce monde. La prison, plus capable ! Surtout que je n'ai pas commis le vol pour lequel le juge m'a condamné. J'étouffe ici ! Je veux en finir. Mais avant de partir, je dois vous révéler une chose très grave.

C'est une affaire que la justice doit savoir. Un autre innocent est en dedans pour longtemps. Et c'est un peu à cause de moi. Vous connaissez Paolo Pacini, je crois. Un jour, je l'avais approché pour un prêt. Pas été capable de le rembourser. Les intérêts s'accumulaient. Il me tenait. Puis, un soir que j'étais à siroter une bière à la taverne Frenchie, son bras droit, Ti-Pite Lamontagne, est venu me voir. C'est une armoire à glace, un vrai tueur. Il m'a demandé si je voulais effacer ma dette.

« *Certain !* » *que je lui ai répondu.*
Là, il m'a montré les chiens qui étaient sur le party
à l'autre bout du bar. Le détective Berger y était. Il faisait
son jars avec une montre en or au poignet. Paraît qu'il
fêtait ses 25 ans dans la police. Ti-Pite Lamontagne vou-
lait que je vole la montre pour la lui remettre. J'ai pas
voulu d'explications. Moins on en sait...
J'ai suivi Berger jusqu'au motel L'Escale. Il était
saoul. Je n'ai pas eu de difficulté à agir. C'est toujours
pareil : une tape dans le dos et des compliments, alors que
de l'autre main... On ne m'a jamais pris sur ces coups-là.
Vous connaissez la suite. J'étais quitte avec Pacini
mais le flic est dans la merde par ma faute. Je n'ai jamais
parlé à personne de ma participation à cette affaire. Au-
jourd'hui, je voudrais réparer le tort que j'ai fait et vous
demande de transmettre l'information à qui de droit.
Adieu !

Alex Carson

« Quel bordel ! »
L'avocat déposa la missive sur son bureau, le teint
blême. La sueur perlait sur son front. Il se leva, se rendit
à la fenêtre tout en se caressant le menton.
« Qu'est-ce que je fais ? »
Il se remémorait la conversation qu'il avait eue avec
sa concubine Lucie Gagnon à la suite de l'arrestation de
Berger.
– Je ne peux tout de même pas défendre ton ex !
– Pourquoi pas ? Si Donald t'a demandé de le re-
présenter, c'est parce que tu es le meilleur. Il faut accep-
ter. Je suis certaine qu'il est victime d'un coup monté.
Toi, tu trouveras la vérité.
Incapable de résister à sa belle, il avait accepté le
mandat. Il s'était rendu à la prison du comté voisin pour
rencontrer son nouveau client. Il y avait trouvé un

homme abattu, les traits tirés, les yeux cernés. Le policier était incapable de fournir la moindre explication sur ce qui l'avait amené là, mais jurait de son innocence.

– Je te crois, Donald. Lucie aussi. Je vais tout faire pour t'aider. Mais il faudrait que tu te forces les méninges. Ta montre ne s'est pas rendue là toute seule.

Berger s'était mis à pleurer. Son impuissance à se rappeler la fin de la soirée fatidique le rendait fou.

Pendant le retour à Val-d'Or, Chopain se rappelait deux visites reçues à son bureau. La première datant de quelques mois avant l'incarcération du policier.

Ce jour-là, Chopain avait reçu un habitué de son bureau : Paolo Pacini.

– Berger passe son temps à nous harceler. Les perquisitions, les arrestations, je commence à en avoir plein mon casque! Il doit pourtant y avoir moyen de lui calmer les nerfs, à c'te police-là! Légalement, je veux dire. Parce que sinon je vais m'en occuper moi-même et il va regretter d'être venu au monde, le Berger!

À en juger par la montagne de dossiers contre l'Organisation, il était évident que le représentant de la loi avait le vent dans les voiles. Cependant, malgré un épluchage minutieux, force était à l'avocat de conclure que Donald Berger était réglo en tout.

– Patientez! avait-il conseillé à Pacini lors d'une rencontre ultérieure. Je connais bien cet enquêteur. Il est futé mais il finira bien par commettre une erreur.

– Alors, dépêchez-vous de la trouver. N'attendez pas que je prenne les choses en main.

« Ah! si j'étais à la Couronne, il verrait de quel bois je me chauffe, celui-là », pensait l'avocat, qui, de toute évidence, n'avait pas d'atomes crochus avec son client.

Le Parrain était obsédé mais Chopain ne craignait rien pour le policier, qui était parfaitement capable de se défendre contre cette race de monde. C'est du moins ce qu'il croyait jusqu'au jour où...

Le vendredi suivant sa visite au prisonnier, Pacini était revenu.

– Je vous avais dit que je prendrais les choses en main si vous n'agissiez pas pour freiner Berger. Eh bien, c'est fait ! Vous pouvez fermer le dossier, maintenant. Voici qui couvrira vos honoraires.

Et le bandit avait quitté le cabinet après avoir laissé une enveloppe.

«Quel être ignoble !» s'était dit l'avocat.

Devait-il dénoncer Pacini ? Impensable ! Il s'agissait d'une communication privilégiée et, à ce titre, protégée par le secret professionnel. Se désister dans le dossier de Berger ? Non plus ! Il était dans une impasse... jusqu'à ce qu'il reçoive la confession écrite de Carson.

«Ça change tout. Avec ce nouveau renseignement, je peux tirer Berger de là tout en respectant le code d'éthique... Mais si la Mafia n'a pas hésité à assassiner une femme pour éliminer un policier de son chemin, je ne donnerais pas cher de mes os... Et puis s'ils allaient s'en prendre à Lucie ?»

Chopain se détourna de la fenêtre et se mit à arpenter son bureau de long en large, les mains dans le dos, la tête basse, l'air grave.

«Si je déballe tout, mes clients n'auront plus confiance. Ils vont déserter mon cabinet... Je vais être un homme fini... Adieu veau, vache... Et ce café ? Il vient ou quoi ? C'est vrai... Anne-Michèle dit toujours que ce n'est pas dans sa description de tâches. C'est quand même curieux. Chez elle, elle nous reçoit comme une reine.... Et quelle cuisinière ! Allez donc comprendre les femmes !»

Il sortit et se rendit à la petite pièce réservée à la pause-café. Il y trouva la secrétaire assise à la table, son stylo courant rapidement sur un bloc-notes. L'esprit loin de ce qui l'entourait, elle avait un sourire en coin.

« Je gagerais qu'elle est en train de prendre des notes pour son prochain polar. Elle ne changera jamais, notre romancière. Chaque fois qu'elle a une minute à elle… »

De retour à son bureau avec une tasse fumante, l'avocat relut la lettre de Carson tout en buvant son café. Sa décision était prise. Il n'y avait vraiment rien d'autre à faire.

Il approcha le cendrier et y plaça le papier. Il sortit un briquet de la poche de son pantalon, l'alluma et porta la flamme au document. Au même moment, la voix de sa secrétaire se fit entendre dans l'interphone.

— Vous avez un appel de Me Himlack.

— Merci !

— Allô, Stéphane ! Félicitations ! Ta candidature a été retenue. À partir d'aujourd'hui, considère-toi comme le nouveau substitut du procureur de la Couronne et mon adjoint.

Dans le cendrier, la lettre finissait de se consumer.

Nadine n'a plus de secret

France Bastien

Tout a commencé avec Donald Berger, un fouille-merde qui s'était confié à son collègue Jacques Lanoue :
— Tu te souviens de la belle Nadine de la 5ᵉ Avenue ? Celle qui travaille à *La Gerbe d'Or* ? On l'a déjà vue au *Barrab*. Figure-toi donc que la semaine dernière je suis allé à North Bay pour une enquête. J'ai fini ma journée dans un bar de danseuses, histoire de me détendre un peu en prenant une bonne bière. Devine qui dansait sur scène. Bien oui ! À la voir si distinguée, on ne croirait jamais ça, hein ? Ne parle de ça à personne. Tu comprends, je ne voudrais pas faire de tort à la petite.

Jacques Lanoue est de nature sociable. Lors d'un voyage en Alberta, il passe tellement de temps en transit à Winnipeg qu'il se lie d'amitié avec un homme d'affaires de Val-d'Or, Lucien Rocheval. Ils se trouvent des intérêts communs. De fil en aiguille, Lanoue lui raconte l'histoire :
— Connais-tu Nadine, une femme bien courageuse qui élève seule ses enfants et qui habite dans la 4ᵉ Avenue à Val-d'Or ? Eh bien ! Il paraît qu'à toutes les fins de semaine elle danse nue dans un bar de Timmins. Que

veux-tu ? Une autre qui a trouvé une façon d'arrondir ses fins de mois. Il n'y a plus de morale de nos jours. Garde ça pour toi, O.K. ? Ce ne sont peut-être que des racontars.

Dans le vestiaire d'un club d'entraînement de Val-d'Or, Lucien Rocheval parle de ce qu'il a appris sur Nadine. Les hommes se délectent de la nouvelle. Parmi eux se trouve François, le petit ami d'Hélène, qui tend l'oreille, intéressé par ce que raconte Rocheval :

– Avez-vous su la dernière ? J'ai entendu dire qu'une jeune femme de chez nous danse nue tous les week-ends dans un bar de Hearst. Il paraît que c'est un bien beau morceau. Je pense que c'est la petite Nadine, qui reste pas loin de chez nous. Ça donne presque envie d'aller visiter le nord de l'Ontario…

Au poste de police, François demande au policier Kevin Manach si les forces de l'ordre ont terminé l'enquête sur le tueur fou du *Mike's*. Du même coup et pour se rendre sympathique aux yeux du constable, il colporte la nouvelle :

– Connaissez-vous une femme qui s'appelle Nadine et qui demeure près de chez Aubé Pontiac ? Il paraît qu'à toutes les fins de semaine elle danse nue dans un bar de Windsor. Ça prend toutes sortes de monde pour faire un monde, hein ? Des tueurs fous, des danseuses nues, des policiers, tous des rapaces, euh… en tout cas. Vous me donnerez des nouvelles de l'enquête. Bon, ben, salut !

Entre deux bières, Kevin Manach raconte la nouvelle à son ami Denis qui boit son cognac. Deux habitués du *Barrab*. Les hommes sont passablement éméchés :

– Connais-tu la Nadine qui demeure dans le bout de la 18ᵉ ? Imagine : toutes les fins de semaine, elle danse nue dans un bar de Kirkland Lake. Elle devrait travailler par ici, ça mettrait un peu de vie ! Une maudite belle femme… Surtout, pas un mot là-dessus. Mosus et couche boutue... Botus et mouche... En tout cas, silence sur l'affaire.

Denis aime bien les rumeurs, surtout quand il peut les publier dans *Parlemenu*. Toutefois, en s'informant de la véracité du bobard auprès de Charlotte, une copine à lui, il contribue à son tour à faire circuler la nouvelle :

– As-tu entendu parler, toi, d'une certaine Nadine, une respectable mère de famille qui, paraît-il, pour apporter un peu de bien-être à ses enfants, danserait nue dans certains bars en Ontario ? J'aimerais ça, entrer en contact avec elle. Je pense depuis longtemps à écrire un article sur le métier de danseuse. Si tu arrives à savoir qui c'est, donne-moi un coup de fil.

La Terre a tourné plusieurs fois sur elle-même depuis l'indiscrétion de Donald Berger. Personne, à part le zéro, ne se rappelle qui est à l'origine du radio-trottoir. Bien placé pour ne pas en manquer une, il souffle à Charlotte l'idée d'en parler à Nadine.

Ainsi, Charlotte arrive en coup de vent chez sa copine.

– Salut, tout le monde ! Totole veut un biscuit ? Tiens, ma bestiole à plumes préférée. Je t'ai apporté une nouvelle sorte de friandise. Allez, prends !

– Totole veut un biscuit ! Titine a un secret ! Totole veut un biscuit !

– Ce qu'il est bête, le plumeau ! Au fait, Nadine, en parlant de bêtise, une rumeur court en ville. Il paraît qu'une jeune femme de Val-d'Or danse nue dans un bar en Ontario. Ce ne serait pas ça, ton secret ?

Nadine s'effondre.

– Un secret de Polichinelle, oui ! L'affaire est connue à la grandeur de l'Abitibi. De La Sarre jusqu'à Quévillon en passant par Matagami. C'est à North Bay que je danse, si tu veux tout savoir. Plus le goût de sortir. Juste envie de cacher ma honte. Chose certaine, ce n'est

pas mon Anatole qui a répandu la nouvelle. Tout ce qu'il
sait dire, le pauvre con, c'est «Titine a un secret! Totole
veut un biscuit!»

    – Mais... pourquoi?

    – Parce que je n'arrive pas, c'est simple! Dans le
rouge à toutes les fins de mois. C'est avec la danse que je
paie mes cours à l'université. Qu'est-ce que tu crois?

    – Comment tu te sens là-dedans, dans ton cœur?

    – Oh! c'est bien compliqué. Comment te dire?
J'aime danser. Quand je m'exécute sur la scène, j'oublie
tout. Toute ma sensualité passe dans le mouvement du
corps. Et... j'aime qu'on me regarde. J'aime voir mon
reflet dans les yeux impudiques des hommes... En
même temps, j'ai honte... Je vis un conflit intérieur
insoutenable. Les hommes aiment mon corps mais ne
m'aiment pas, moi, pour ce que je suis vraiment. Le
drame de ma vie. J'ai essayé de garder le secret mais
aujourd'hui tout le monde le sait et les jugements sont
cruels. Impitoyables. Je suis traitée en paria. L'objet des
pires préjugés.

    – ...

    – C'est l'enfer. Surtout pour mes enfants. Tous ces
sentiments contraires qui m'habitent et toutes ces
rumeurs me tuent. Je pense même à déménager... Au
fait, j'ai trouvé une petite maison à louer près de Hull.

    – Ah non! T'en vas pas! Rien de changé entre nous.
Tu es tellement courageuse et je connais ton cœur. Je
t'aime beaucoup, Nadine... T'en va pas! Et puis tu n'es
ni la première ni la seule qui paie ses cours avec la danse.
Il y a bien des hommes au 282 à Montréal qui ont trouvé
cette solution pour payer leurs études de droit, de méde-
cine et quoi d'autre encore? Dans certains milieux, pas
de problème avec ça, crois-moi!

    Un silence opaque s'installe entre les deux amies,
chacune s'abandonnant à ses pensées secrètes.

Après quelques minutes et pour changer de ton, Charlotte s'informe à Nadine :

– Et l'oncle Adrien, comment va-t-il ?

– Adrien ? De la pure invention. Jamais eu la chance d'avoir un oncle Adrien.

– Pas vrai !

– Quoi que l'on dise, quoi que l'on fasse, le présent finit toujours par nous rattraper.

Elles restent encore songeuses un bon moment.

Puis Nadine ajoute :

– S'il n'y avait que ça… Il y a Louis Lamy qui…

– Que vient faire cet hurluberlu dans l'histoire ?

– Il y a quelques jours, il m'a téléphoné. Au moins, il a eu l'honnêteté de m'informer. L'affaire est pitoyable. Hépatite B. Des relations non protégées, ça te dit quelque chose ?

Noël rouge

Jason Paré

L'homme gara sa vieille Oldsmobile. Prenant la page qu'il avait arrachée du bottin téléphonique chez *Tim Horton*, il constata qu'il était à la bonne adresse. « Roberge, Jacques, 1360, Duchesne, Val-d'Or... » C'était bien ça.

Prétextant un sondage sur la famille, il avait téléphoné chez les Roberge quelques jours auparavant. La mère avait gentiment coopéré en répondant qu'elle avait un fils de trois ans. Parfait, c'est ce qu'il voulait savoir. L'homme n'aurait besoin que d'une petite boîte pour le paquet cadeau. Il consulta sa montre.

« FR 12 17 / 23 : 59 »

C'était la bonne heure.

À l'aide du rétroviseur, l'homme s'assura de l'efficacité de son déguisement, ramassa son gros sac rouge sur la banquette arrière de la voiture et sortit de l'automobile.

Ce soir, ce serait le troisième enfant qu'il allait offrir comme présent à Jésus. Depuis le premier vendredi du mois, il avait commencé son étrange rituel dont le but était d'apaiser la colère divine envers l'humanité pour ce

qu'elle avait fait de la fête de Noël : une vulgaire célébra-
tion commerciale !

Cette seule pensée le mit dans une rage incroyable,
mais il s'aperçut rapidement de son état et tenta de
dominer ses émotions. Il s'aida en observant les gros
flocons de neige qui virevoltaient autour de lui, scintil-
lant sous la lumière des lampadaires. La neige… Il
adorait la neige. Avec la langue, il attrapa un flocon et le
laissa fondre. Il s'esclaffa de plaisir, tellement que des
larmes de joie lui coulèrent sur les joues.

Il franchit la rue, s'approcha de la maison par le côté
droit, s'enfonçant dans la neige, et arriva devant une
fenêtre facile à forcer. Grâce à des outils qu'il avait dans
son gros sac, il passa à l'acte. Clic ! La fenêtre s'ouvrit.

Se hissant à l'intérieur, il traversa la salle à manger
et pénétra dans le salon d'un pas feutré. Une jungle de
guirlandes argentées et dorées décorait le plafond de la
pièce. Une jungle où ne se dressait qu'un seul arbre, un
sapin. Mais cela suffisait à satisfaire aux exigences de
l'homme. N'était-ce pas lui, le roi des forêts ? Oh ! mon
beau sapin…

À la recherche de la chambre du petit, l'intrus
monta l'escalier et promena son regard sur l'étage. Il ne
pouvait pas se tromper. Un dessin d'enfant était collé sur
une porte avec, écrit en gros à l'aide d'un crayon gras :
ÉRIC.

L'homme sourit, puis poussa lentement la porte…

🎄

« Roberge, Jacques, 1360, Duchesne, Val-d'Or… »
« SA 12 18 / 07 : 03 »

Sandra se leva tôt, ce matin-là, car il faisait étrangement froid dans la maison. Jacques, son mari, paraissait si
paisible qu'elle n'osa pas le réveiller. Elle augmenta le

chauffage de la chambre, puis sortit vérifier celle d'Éric, voisine de la leur. La porte était grande ouverte et son fils n'était pas dans son lit. Elle pensa qu'il était peut-être au rez-de-chaussée à regarder des dessins animés à la télévision. Elle chaussa ses pantoufles et descendit l'escalier. La température était encore plus basse dans celui-ci et, quand elle arriva à la dernière marche, Sandra sentit un fort courant d'air venant de la salle à manger. Elle traversa le salon. Les boules de Noël en verre tintaient en s'entrechoquant dans le sapin qui frissonnait au gré du vent. Elle ne vit aucune trace d'Éric. Soucieuse, elle prit la direction de la source des rafales de vent qui envahissaient la résidence familiale.

Une fenêtre. C'était une fenêtre restée ouverte qui laissait entrer l'air glacial. Des flocons de neige pénétraient dans la demeure, s'emprisonnant dans les rideaux de dentelle comme de petits insectes blancs dans une toile d'araignée finement brodée.

Sandra fit un pas en arrière, vraiment inquiète. Quelqu'un avait forcé la fenêtre et Éric avait disparu. Elle retourna sur ses pas vers le salon.

– Jacques ! Ja…

Quelque chose d'étrange attira son attention. D'un paquet cadeau sous le sapin, un liquide rougeâtre s'échappait. Les mains tremblantes, Sandra prit la petite carte de souhaits attachée au large ruban rouge qui entourait le présent. Elle lut l'inscription suivante :

« À maman et papa, d'Éric. »

Sandra s'empressa de déchirer l'emballage vert garni de têtes de pères Noël souriants. Ensuite, elle écarta avec maladresse le couvercle de la petite boîte de carton brun et y découvrit…

– ÉRIC !

«Lévesque, Pierre, 567, Laroche, Val-d'Or...»

«SA 12 25 / 00 : 01»

Benoît s'était réveillé en sursaut. Quelqu'un était entré dans sa chambre par la fenêtre. Il allait se mettre à pleurer quand il reconnut le gros manteau et la tuque rouge du grand personnage. Était-ce bien lui? L'intrus avançait. Il avait bien une grosse barbe blanche et un immense sac pour mettre... les cadeaux! Le père Noël venait lui apporter ses jouets! Dire qu'il ne lui avait laissé ni biscuits ni verre de lait!

Le père Noël remarqua que l'enfant avait ouvert les yeux. Il lui fit signe du doigt de ne pas faire de bruit.

Le vieux monsieur le prit par la main et l'emmena dans le salon, près du sapin de Noël qui illuminait la pièce de mille couleurs intermittentes. Benoît était émerveillé par ce qui lui arrivait. Personne ne croirait que le père Noël était entré dans sa maison et que...

– Père Noël? Pourquoi t'as pas descendu par la cheminée?

– Chut!

Ce n'était pas normal : il y avait un grand foyer dans le salon et il n'était même pas allumé ; le père Noël aurait dû arriver par là et non par la fenêtre de sa chambre.

Soudain, le père Noël empoigna l'enfant par la taille et le coucha sur le dos au pied du sapin. Surpris, le jeune garçon s'agrippa par réflexe à la barbe du vieux monsieur et celle-ci... glissa de son menton! Un imposteur!

Le garçon voulut crier, mais l'homme, fortement contrarié, le fit taire à l'aide de sa grosse main poilue qui sentait la vieille sueur dégoûtante. De son autre main, il sortit de son sac un long couteau qu'il dirigea vers la gorge de Benoît. Des larmes coulaient à flots sur les joues de l'enfant terrorisé.

Un bruit métallique se fit entendre derrière eux.

L'enfant ne vit presque rien de la bagarre qui s'ensuivit. Le clignotement du sapin l'empêchait de bien voir. L'imposteur s'était retourné vivement et quelque chose l'avait frappé à la tête.

Grognements de douleur…

Une immense silhouette dressée au-dessus de l'homme leva un long bâton, comme une lance.

Craquement étrange…

La silhouette ne bougeait plus, appuyant fortement son bâton sur la poitrine de l'homme.

Long soupir… Puis le silence…

Un vieil homme s'approcha de Benoît. Doucement, il le prit dans ses bras. Aucun son ne put sortir de la bouche du jeune garçon. Lentement, il fut transporté par le monsieur jusque dans son lit. Même manteau rouge, même tuque, mais lui portait en plus des petits gants blancs et il dégageait une odeur de bonbon. Avant qu'il ne reparte, le vieux monsieur l'embrassa sur le front, le chatouillant de sa grosse barbe blanche que Benoît osa lui tirer.

Elle ne bougea pas… d'un poil.

La maison verte

Anne-Michèle Lévesque

Je sais. Vous allez dire que je fabule. Mais je vous assure que je ne rêve pas. Il y a une sorcière dans la maison verte. Elle s'appelle Marie-Amanda. Et elle est responsable de bien des événements étranges qui sont survenus à Val-d'Or.

Tenez, par exemple, il n'y a pas longtemps, ma sœur a été trouvée morte dans son appartement. Eh bien, pas longtemps avant son décès, Mariette avait raconté à sa filleule qu'elle était passée devant la sinistre maison et que Marie-Amanda avait pointé le doigt vers elle. La sorcière lui a jeté un sort, sûr et certain !

Et la vague de froid de l'automne dernier ? Hein ? Vous n'allez tout de même pas prétendre que c'était normal, cette température qui descendait sous zéro à tout bout de champ ! La responsable ? Marie-Amanda !

Les chats qui disparaissent ? Ce serait Marie-Amanda qui les volerait que ça ne m'étonnerait pas une miette !

Moi, je me rappelle...

J'étais petite – étant donné mon âge, on sait que ça fait des lunes de ça – quand ma mère m'a montré la

fameuse maison pour la première fois. Ça faisait tout
drôle, ces murs couleur de laitue surmontés de bardeaux
qui ressemblaient à de la fougère...

Je me souviens encore clairement de ce qu'elle
m'avait dit à l'époque : «Tu vois cette cabane, Anne-
Michèle ? C'est là que Marie-Amanda habite. Quand tu
la verras dans sa cour, fais très attention et sois toujours
polie avec elle. Parce qu'elle est un peu sorcière. Et elle
pourrait bien te jeter un sort ! »

Bien entendu, je n'avais pas cru un seul mot de
cette histoire. Même que, avec une bande de gamins, je
suis allée voler des carottes dans le jardin de Marie-
Amanda. Elle nous a surpris et a hurlé quelque chose
que nous n'avons pas compris, dans notre hâte de fuir.
Pourtant...

Yves s'est égratigné un bras sur la clôture qui entourait le cottage. Il a fait une infection qui l'a mis à plat
pendant des semaines. Mon amie Sylvie a dû être opérée
pour une appendicite tout de suite après cette aventure
et moi j'ai fait une indigestion qui a duré trois jours !

Vous doutez encore ? Je ferais comme vous si je
n'avais pas vu, de mes yeux vu...

Une semaine après l'incident du vol de carottes, je
me suis cachée près de la maisonnette et j'ai attendu que
Marie-Amanda en sorte. Quelques minutes plus tard, la
vieille s'est montré le bout du nez et a regardé autour
d'elle. Je me suis rejetée en arrière de peur qu'elle me
voie. Mais non. Et j'ai constaté que Marie-Amanda était
presque aussi verte que sa cabane ! Habillée d'une ample
jupe couleur de feuillage et d'une blouse aux longues
manches, elle a pris l'allée devant sa cabane, a poussé la
barrière et l'a refermée soigneusement. Dans le jardin,
plusieurs chats ont regardé leur maîtresse partir.

Aussitôt la sorcière disparue, j'ai ouvert la barrière à
mon tour et je suis entrée dans la cour. J'ai fait le tour de

la masure en regardant par les fenêtres, mais l'intérieur était sombre et je voyais mal. Pourtant, il fallait que je sache! Alors, en dépit de mes genoux qui tremblaient, j'ai tourné la poignée… La porte n'était pas verrouillée. J'étais dans la maison verte! À l'intérieur, les murs ressemblaient à une forêt. Les planchers rappelaient la nuance très particulière du verre coloré; le plafond, haut, me faisait penser à une feuille de cormier, tandis que les meubles, enduits de vert tendre, évoquaient une jeune plante fragile.

Mais tout ça, je ne l'ai vu qu'en arrière-plan, préoccupée que j'étais de trouver une preuve de la sorcellerie de Marie-Amanda. C'est alors que, sur la table, j'ai vu un vieux livre ouvert. La page était couverte de mots incompréhensibles, tracés d'une écriture enguirlandée. J'ai sorti de ma poche un carnet et j'ai copié :

Prenés persil effuillé deulx poignées marjolaine effeuillée deux poignées et demye poignées ysope autant sariette autant sarpollet une poignée soulcye pour donner goust. Et quand cest pour faire farce aulcuns y mettent soulcye et peu de baselicque, puis convient bien faire seicher environ la Seinct Jehan Baptiste, saffren, persil, ung pou de sauge qui veult [1].

Nul doute, il s'agissait d'un philtre!

Je suis ressortie, toujours tremblante, et j'ai couru chez moi tandis que dix paires d'yeux me chauffaient le dos. Eh oui, elle avait au moins dix chats, la Marie-Amanda. Elle les a toujours, d'ailleurs!

La mère-aux-chats est probablement éternelle. Elle ne mourra jamais, ni elle ni ses matous.

---

1. Recette tirée du *Livre fort excellent de cuysine*, paru en 1555.

On refuse de me croire. Mais attention! Si, un jour, vous rencontrez la vieille, tournez la tête, je vous le conseille. Ne la regardez pas, elle vous jetterait un sort!

Tout ce que je peux dire, en tout cas, c'est que, quand je suis obligée de passer devant la maison verte, moi, je change de trottoir. On ne sait jamais...

Cinq-Sous

Bruno Crépeault

Vraiment, c'était un été comme les autres. Celui qu'on attendait depuis septembre, pour enfin balancer devoirs et leçons; celui auquel nous rêvions l'hiver durant, blottis dans nos lits de fortune aménagés au grenier, juste pour le plaisir. Un été chaud à l'infini, propice aux jeux fous et aux coups pendables – comme en témoignerait Ambroise, le vieux bonhomme d'en face, s'il était toujours de ce monde. Nous n'habitions la campagne que depuis trois ans mais nous avions déjà les étés champêtres accrochés au cœur et pour rien au monde nous n'aurions voulu que ça change : les courses à travers les terres, qui servaient à distinguer le plus rapide des frères, les après-midi de pêche près de la hutte de castors, où nous n'attrapions rien d'autre que des coups de soleil, les soirées passées autour d'un feu sur lequel nous grillions guimauves et saucisses au bout du même bâton.

Je crois que papa s'était également bien acclimaté à cette vie en banlieue de Val-d'Or. Lorsque la mine avait cessé ses activités, il avait vendu la maison et réalisé un vieux rêve de maman : s'établir à la campagne et y vivre de belles années avec les enfants.

À l'époque du déménagement, je n'avais que cinq ans ; Robin fêterait son troisième anniversaire en décembre tandis que Simon bourgeonnait incognito dans le ventre de ma mère. Il naîtrait d'ailleurs dans la chambre à coucher de mes parents. Maman s'amusait à raconter la tourbillonnante épopée de l'accouchement, lequel n'avait duré que trente-cinq minutes, des premières contractions jusqu'au premier cri de Simon. Mon brave père avait dû s'improviser médecin. « Il s'apprêtait à regarder à la télévision un match de base-ball de demi-finale et c'est lui qui a occupé le poste de receveur ! » comme le disait toujours maman en riant aux larmes, tandis que mon père pâlissait devant la parenté. On ne se lassait pas de l'écouter relater cette fameuse histoire.

Étrangement, le fait que Simon soit né ici faisait de lui un enfant très différent de moi et de Robin, à tel point qu'on aurait cru qu'il venait d'une autre planète. Même lorsqu'il fut en âge d'aller à l'école, il refusa de participer à nos excursions dans les bois ou à nos veillées au grenier. Quand il y venait, il n'écoutait nos balivernes qu'à moitié, perdu dans la lecture d'un livre sur la nature ou les animaux ; et encore, il était là parce que maman insistait pour que ses trois fils passent du temps ensemble. Or, à nos yeux, il semblait tout bonnement ne pas vouloir s'amuser, bien que, l'ayant épié à maintes occasions, nous savions qu'il aimait faire des sauts périlleux dans la grange autant que nous.

Aussi loin que je puisse me souvenir, Simon se complaisait dans sa solitude. Il dessinait des chevaux, des oiseaux ou d'autres bêtes sur de grandes bandes de papier ; il classait les pièces de monnaie de sa collection ; il se promenait en forêt pendant des heures, vêtu de son blouson en jean orné d'un appliqué représentant un castor sur un tas de branches.

De son côté, Robin ne se préoccupait pas de Simon et de ses drôles d'habitudes. Peut-être le trouvait-il trop ennuyeux ? Moi, je n'aurais osé l'avouer, mais ça m'attristait que Simon ne me démontre pas d'affection. J'étais froissé par son indifférence ; peut-être souhaitais-je qu'il me regarde comme Robin le faisait parfois : comme une idole, comme un « héros », comme un grand frère, quoi !

Or, le pire tourment que je subis à l'époque ne prit pas sa source dans notre incongru triangle fraternel, mais plutôt dans un événement qui avait lieu habituellement le troisième week-end de juillet : la visite annuelle du frère de ma mère, de son épouse et de leur progéniture, Nathan, Bastien et Clara.

Finalement, cet été n'en fut pas un comme les autres et plus un seul de nos étés ne fut le même par la suite.

Jamais.

Bien qu'une grange assortie d'une étable s'élevât derrière la maison, nous n'avions pas d'animaux, à part Tibérius, un petit caniche blanc. Avec ses longues planches grises battues par la pluie et tordues par le vent, l'imposante charpente nous donnait l'impression d'être moins solide qu'elle ne l'était en réalité. Cette carcasse sinistre nous inspira plus d'un cauchemar dans l'année qui suivit le déménagement. Je ne crois pas que nous ayons osé nous aventurer à l'intérieur sans être accompagnés d'un parent durant les premiers mois (à l'exception de Simon, qui eut tôt fait d'effectuer une fouille minutieuse de l'endroit. C'est à lui que Robin et moi devions donc la trouvaille de l'océan « Paillifique »).

La grange était divisée en plusieurs sections qui avaient dû jadis servir d'enclos à cochons, à poules et à moutons, si l'on se fiait à l'odeur et à la quantité de laine sale et humide qui traînait un peu partout. Au milieu du rez-de-chaussée se dressait un escalier fait du même bois que les murs et d'apparence peu sûre. Il menait à une large trappe qui ressemblait à celle donnant accès au grenier de la maison. Sauf que celle-ci, que moi et Robin devions soulever à quatre bras, était beaucoup plus large et s'ouvrait sur l'unique étage du vieux bâtiment. Si, du dehors, on pouvait douter de la grandeur de la grange, ici elle étourdissait par son immensité. Là où, autrefois, on avait dû ranger laboureuse, charrette ou tracteur, ne se trouvait qu'un plancher vide, aussi vaste que le gymnase de l'école et sur lequel tombait la fiente des pigeons perchés sur le treillis de poutres tissant l'intérieur du toit. Une rampe de bois, sur laquelle on s'assoyait pour regarder le spectacle, séparait le plancher et le grand bassin de paille impénétrable empestant la vache et la moisissure.

— Saute! Allez, saute, crétin! lançait Clara à Robin, perché à l'extrémité d'une longue échelle clouée au mur intérieur.

— Il sautera pas! Il sautera pas!

— Ah non? Vous allez voir!

Et mon frère sautait, bien entendu. Du vingt-neuvième et dernier barreau. C'était d'ailleurs devenu plus une question d'habitude que de bravoure.

— Le vieil Ambroise m'a déjà raconté qu'on trouverait des cadavres si on enlevait toute la paille de la grange, déclarai-je la veille de la journée fatidique, alors que nous étions tous les cinq blottis les uns contre les autres dans des sacs de couchage sur le plancher du grenier.

– Sans blague ! s'exclama Bastien, le plus jeune des cousins, le front éclairé par la petite chandelle qui brûlait entre nous.

– Sois pas idiot. Tu sais bien qu'il raconte n'importe quoi, dit Clara, certaine de voir clair dans mon jeu.

– Pas du tout, renchérit Robin, à ma rescousse. Il a même dit que c'étaient les corps d'une famille qui vivait ici dans les années quarante : le père, la mère et leurs cinq enfants.

Nathan et Bastien continuaient à regarder mon frère, tous deux avides de détails auxquels ils ne pourraient s'empêcher de rêver la nuit suivante et qu'ils iraient raconter à leurs copains du primaire. Ma cousine, elle, continuait de secouer la tête d'un air borné comme si elle ne croyait pas un mot de nos histoires, mais ne pouvait empêcher sa curiosité de luire dans ses pupilles. En somme, ils étaient encore plus effrayés que nous ne l'avions été en inventant ce conte macabre le week-end précédent. Avec nous contre son gré, Simon restait silencieux, enfoui sous une couverture en tricot, le regard tourné vers le plafond en pente du grenier.

– Qu'est-ce qui leur est arrivé ? demanda Bastien d'une voix incertaine, soudain crédule.

– Ouais, comment ils se sont retrouvés là ? enchaîna Nathan, ce qui fit soupirer sa grande sœur.

– J'y viens, j'y viens, dis-je en me pinçant pour ne pas rire.

J'approchai de la chandelle et baissai la voix au point de chuchoter.

– Il paraît que ça s'est passé pendant que les enfants jouaient dans la grange. Leur mère était dans la maison et leur père travaillait dans le jardin quand ils ont entendu des hurlements au même moment où toutes les vitres de la grange se brisaient. Les parents ont couru jusqu'au bâtiment et sont entrés. Le père est monté dans l'escalier et a poussé d'un coup la trappe de l'étage, où lui et sa femme ont été enveloppés d'une chaleur rouge et suffocante comme celle de l'enfer.

Je laissai le dernier mot ramper dans leur esprit et, tandis qu'ils attendaient la suite, je me tournai vers Simon. Il s'était endormi.

– Alors, qu'est-ce qu'ils ont *supposément* vu ? Tu vas nous le dire, crétin ? cracha Clara, un petit trémolo roulant dans son venin habituel.

– Ils ont vu, au milieu de la paille qui servait de nourriture à leurs animaux, un grand tourbillon fumant qui vissait dans un trou sans fond. Et, au centre, leurs cinq enfants appelaient leurs parents, qui furent à leur tour aspirés dans la tornade du diable !

Un court silence souda nos regards. Même la chandelle semblait avoir cessé de se consumer. Jusqu'à ce que Clara tire cette rassurante conclusion :

– C'est complètement ridicule.

– Ouais, c'est stupide, balbutia Bastien sans conviction, en respirant par petits coups.

– C'est pas moi qui le dis, me défendis-je. C'est le voisin d'en face. Il a toujours vécu ici et il sait tout sur ce village depuis sa construction.

– C'est un vieux schnock, ton Ambroise, répliqua ma cousine.

Elle ne jouait pas le jeu et je crois que ça nous emmerdait tous.

– O.K., on ira voir le vieux demain et vous lui demanderez si c'est vrai ou non. Mieux : on pourrait aller fouiller la paille ; peut-être qu'on trouverait quelque chose ?

Mes cousins prirent cette proposition très au sérieux.

– T'es fou ! T'es malade ! s'écria Bastien. Je ne retourne pas dans ta foutue grange !

– Moi non plus! s'insurgea l'autre, solidairement terrifié.

– Vous avez peur, les gars, se moqua Robin en me poussant dans les côtes. Des vrais pissoux!

Nous avons ri méchamment, comme deux corbeaux complices, fiers que notre coup réussisse si bien. De toute évidence, Clara n'apprécia pas que l'on se moque d'elle et des siens. Avant que nous puissions l'en empêcher – sans même que nous l'ayons vue s'approcher de Simon –, elle se jeta sur lui comme si elle allait le battre. Bien qu'elle se fût contentée de le pincer sauvagement, Simon en porterait la marque pendant plusieurs jours, bien après que tout serait terminé. Celui-ci, brutalement extirpé du sommeil, laissa échapper un cri de mi-surprise, mi-souffrance, et s'assit bien droit en fusillant Clara du regard. Moi et Robin ne riions plus et mes deux cousins oublièrent momentanément notre histoire sordide. Les secondes restèrent suspendues, dans l'attente de la réplique de Simon.

Dans le grenier où se mélangeait l'odeur de crotte de souris et la chaleur de l'été torride, Simon resta fidèle à son personnage et ne broncha pas. Ses yeux semblèrent bercés de larmes pendant un instant, mais elles s'évaporèrent avant de descendre sur ses joues.

Il n'était pas insensible à la torture, et n'ignorait pas que Clara faisait de lui son souffre-douleur à chacune de ses visites. Je ne sais pas comment il réussissait à rester impassible, ni même pourquoi ; mais la déception que je pus lire sur le visage de Clara me procura un malin plaisir.

– T'es rien qu'un con, Cinq-Cennes, laissa tomber Clara, amère, avant de regagner le sac de couchage qu'elle partageait avec ses frères.

Simon contempla sa persécutrice un moment et fut parcouru d'un court et rapide frisson. Puis il disparut sous sa couverture et se rendormit avant même que l'on ouvre la bouche.

– Et si on dormait, les gars ? proposai-je, ne sachant pas quoi dire après une telle performance.

– Ouais, dit Bastien, confus et fatigué.

Je soufflai la flamme, qui laissa place aux ténèbres, en espérant que la journée suivante s'avérerait moins houleuse que cette soirée.

J'ai toujours aimé être réveillé par les odeurs affluant de la cuisine : celle des rôties et celle du beurre qui crépite dans la poêle sous deux œufs barbotés. Mais, ce jour-là, ce fut plutôt une odeur d'urine qui m'égratigna le nez ; mon cousin Nathan, coincé dans le sac de couchage et craignant peut-être de nous déranger mais probablement surtout de réveiller sa sœur, s'était vidé la vessie en silence. C'est avec honte qu'il se mit à pleurer quand son frère hurla son ire d'être trempé de pipi ; nous nous levâmes donc dans l'anarchie.

J'eus aussitôt une pensée pour Simon ; je revis dans ma tête Clara essuyant le sang qui s'était logé sous l'ongle de son index et Simon, la main couvrant la blessure sur son cou, tremblant de tout son corps l'espace d'une demi-seconde. Il était déjà parti, tôt levé pour aller marcher dans les bois au-delà des champs. Il faisait ça tout l'été, et parfois au printemps avant l'école, dès que la neige était fondue. Malgré les craintes de maman, jamais il ne s'était perdu.

– Alors, les enfants, qu'allez-vous faire aujourd'hui ? demanda ma tante Juliette, maigre comme une vadrouille, avec une coiffure rappelant étrangement cet instrument.

Vautré dans un silence suspect, je tentai un regard vers Robin et mes cousins, mais tous et chacun admiraient les décorations qui se trouvaient au fond de leur assiette.

– Allons, qu'est-ce qui se passe ? demanda ma mère, rayonnante comme à chaque matin. Ha ! je l'ai ! Que diriez-vous d'un pique-nique à la plage ? Elle savait que nous adorions aller à la plage ; même Simon paraissait s'y plaire. Il passait tout son temps dans l'eau à faire les mille nages.

– Quelle bonne idée ! enchaîna ma tante entre deux bouchées. Marie, tu as toujours l'idée parfaite pour les enfants, dit-elle sans se soucier de la confiture de fraises qui luisait au coin de sa bouche.

Pour une raison que j'ignorerai jusqu'à ma mort, je regardai mon père à cet instant précis. J'avais besoin de savoir si quelqu'un comprenait que ça n'allait pas, et j'eus la certitude que nous étions tous deux en proie à la même féroce et désagréable impression : quelque chose allait se passer, quelque chose de terrible, qui ferait que la vie ne serait plus la même, qui ferait pivoter le destin sur lui-même avant qu'il ne reparte dans une direction nouvelle et pas nécessairement meilleure.

La vie prend des virages qui n'en finissent plus, parfois.

– Alors, la plage, ça vous tente, les jeunes ? renchérit ma mère, mise mal à l'aise par les regards que moi et mon père échangions.

Je sentis mes yeux se remplir de larmes quand une voix familière se fit entendre derrière moi :

– Et si on allait jouer dans la grange ? fit-elle avec une insistance diaboliquement subtile. J'ai installé un nouveau barreau à l'échelle. Elle en a maintenant trente.

Cette nouvelle coupa le lien entre mon père et moi.

– Tu as quoi ? Un nouveau barreau ? Tout seul ? s'écria-t-il, la stupéfaction l'emportant sur la colère.

– Oui, répondit Simon, d'une politesse toute soignée.

Ma mère se leva d'un bond et se précipita vers mon frère, qui se tenait debout dans l'entrée, les mains croisées derrière le dos, bel enfant dans son blue-jean et les yeux brillants sous sa casquette de Superman. Maman, elle, était au bord de l'affolement.

– Cinq-Sous, mon amour, mais pourquoi ? C'est trop dangereux ! Tu ne devrais pas, tu aurais dû…

Elle voulait lui dire qu'il fallait demander de l'aide pour ce genre de chose ; à moi, à papa, à n'importe qui. Mais Simon ne demandait rien. Il se débrouillait. Avec des outils, en pleine forêt, dans la cour de l'école, n'importe où. Et maman savait cela. Simon n'était pas un enfant comme nous. Nous étions de la ville ; lui était né ici, dans la pièce juste à côté.

– Promets-moi que la prochaine fois, la prochaine fois…, l'implora-t-elle, à genoux devant lui, les mains posées sur les petites joues roses.

Curieusement, d'où j'étais assis (et dans l'état où je me trouvais), j'eus l'étrange impression que c'était elle la petite fille et lui le père.

– O.K., répondit-il en étreignant ma mère de sa frêle personne – laquelle venait pourtant de grimper à quinze mètres dans une échelle avec un marteau, des clous et un barreau supplémentaire comme bagage.

– Eh bien, allez-y ! C'est pas tous les jours que votre cousin Simon vous invite à la fête, non ? dit avec raison mon oncle, qui n'avait pas arrêté de manger pendant la mini-tragédie, laquelle lui avait échappé.

Quoi qu'il en soit, il ne pourrait manquer celle qui se préparait à notre insu.

À ma surprise, Clara se leva de table la première.

– Allons voir, lança-t-elle sèchement lorsqu'elle croisa Simon avant d'enfiler ses souliers et de sortir dehors.

Elle lui avait sûrement jeté un regard haineux au passage car il esquissa un sourire que je fus le seul à remarquer.

– Alors, vous venez ? insista-t-il, feignant l'impatience.

Pas une seule fois Simon n'était venu avec nous dans la grange, et voilà qu'il nous invitait tous ! Je me sentis inquiet et excité à la fois. Un trentième barreau : c'était du tonnerre, comme idée. Mon père nous recommanda d'être prudents et nous quittâmes la maison.

Le caniche aboya joyeusement en nous voyant. Il se mit à suivre Simon, ajustant ses pas à ceux de mon frère.

– Allez, hop ! Tibérius, on va à la grange ! À la grange ! lança Robin en amorçant une course vers la bâtisse.

Mais le chien ignora l'ordre et poursuivit son trot docile aux côtés de Simon.

– Oui, viens, Tibérius, viens dans la grange.

Le caniche acquiesça en aboyant une fois.

– Elle me donne la chair de poule même en plein jour, cette grange, grommela le cousin Bastien lorsque nous fûmes tous passés par la trappe menant au grand plancher.

– Ouais, c'étaient des conneries, votre histoire, hein, les gars ?

J'eus un sourire en coin à l'endroit de Robin et gardai le silence. Je n'allais pas ruiner notre performance de la veille, même si Simon m'intriguait par son attitude étrangement amicale. De plus, je mourais d'envie de le voir grimper devant témoins. Nous nous accoudâmes sur la rampe de bois pour regarder en bas l'océan Paillifique, cet immense puits de paille séchée où se mélangeaient une multitude de teintes de jaune et de brun. À travers les planches du mur d'en face, où se trouvait l'échelle, le soleil s'infiltrait en minces rayons qui éclairaient la poussière en suspens.

Sans attendre, Robin grimpa sur la rampe et se jeta vers l'avant en effectuant une savante culbute pour atterrir debout dans le lit de paille.

– C'est moi qui essaie le trentième barreau en premier ! cria-t-il, tout excité à l'idée de se précipiter dans le vide d'une vingtaine de centimètres plus haut que d'habitude. Il faut dire qu'il était, et de loin, le meilleur sauteur. Bien que je fusse le plus âgé – je le dépassais, à l'époque, d'au moins une tête –, il me battait de loin en grâce et en témérité.

– Du calme, Robin. Nous irons chacun notre tour, les gars.

Les mots de Simon tombèrent comme un bloc de béton.

– Qu'est-ce que tu veux dire, petit crétin ? demanda Clara d'un ton méprisant. Et les filles ? Elles ne pourront pas y aller, *les filles* ?

Il riva son regard sur elle et attendit (pas longtemps) que nous fassions de même sur lui. Robin, qui avait déjà amorcé son ascension, s'était arrêté dans l'échelle, le pied posé sur le deuxième barreau.

– Non. Pour être franc, Clara, je ne crois pas que tu en sois capable. En fait, ajouta-t-il d'un ton posé, comme s'il avait réfléchi longuement à la question, j'en suis absolument certain. Va-t'en et laisse-nous jouer.

Ma cousine s'approcha de lui, la colère lui empourprant les joues. Simon ne bougea pas d'un millimètre et maintint son regard vissé sur celui de son ennemie. Elle lui murmura à l'oreille quelque chose que je ne pus comprendre et Simon ferma les yeux. Méfiante, Clara recula d'un pas, se demandant probablement, comme nous tous d'ailleurs, ce que mon frère mijotait. Robin était descendu de l'échelle et m'interrogea d'un regard auquel je ne sus quoi répondre ; la seule certitude que j'avais au sujet de Simon, c'est qu'il était imprévisible.

Le vacarme qui nous fit sursauter – et qui fit hurler Clara – provenait du toit de la grange, où une volée de pigeons passait bruyamment d'une poutre à une autre avant de s'envoler par les grandes portes. Simon leva les deux bras en croix et rejeta la tête en arrière.

– Je ne sais pas ce que tu fabriques, Cinq-Cennes, mais tu vas voir ce que je peux faire, vociféra Clara en brandissant l'index dans sa direction. Je vais te le faire manger, ton trentième barreau !

Elle enjamba la rampe et se lança à son tour dans l'épaisse couche de paille sèche. Robin lui laissa le passage et elle grimpa à l'échelle, le visage tordu par une rage folle. Bastien et Nathan se mirent à acclamer leur sœur, se rangeant naïvement derrière elle dans cette étrange scène dirigée en coulisse par mon petit frère.

Car c'était ce que je soupçonnais : Simon avait préparé le coup ; le drame qui se développait n'était pas le fruit du hasard, pas plus que son invitation inattendue ou le défi lancé à Clara.

Ma cousine dépassa la moitié de l'échelle, progressant rapidement vers le toit, ne regardant ni Simon ni ses frères qui lui criaient des encouragements. Robin se hissa sur la rampe afin de dégager la piste d'atterrissage.

– Viens, Tibérius, dit Simon au caniche assis à ses pieds.

D'un geste étrangement humain, le chien hocha la tête et suivit son maître qui quittait la grange.

– Hé ! Simon le con, je suis presque rendue à ton barreau de merde. Je parie que ça t'en bouche un coin, hein ? Hé ! tu vas pas t'en aller !

À cet instant, Simon se tourna vers moi et j'entendis sa voix bien qu'il ne me parlât pas. Il me regarda longuement, ignorant les insultes de Clara, juchée à des kilomètres de là, et ses yeux me transmirent ces mots tout simples : « C'est à toi de décider. »

Et là je compris *réellement* ce qui se tramait. Le trentième barreau n'était pas bien fixé.

Dans une seconde, Clara allait poser sa main dessus et elle basculerait dans le vide, le poing refermé sur le barreau clouté, chutant vers l'inquiétante mer de paille.

À moi de décider.

– Hé! Cinq-Cennes, tu me regardes ? lança-t-elle à la hauteur du treillis de poutres.

Elle y était presque et c'était à moi de décider.

Je lui crie de redescendre ou je me tais ?

– Ça t'emmerde à ce point que je sois montée dans ta maudite échelle que tu vas partir ?

Et pourquoi est-ce à moi de décider ?

– Simon, hurla-t-elle, une main accrochée à l'échelle et l'autre montrant le poing dans notre direction, vas-y, fous le camp! Va donc lécher le cul des belettes en dessous d'un arbre! Moi, je saute!

Mais il était déjà sorti. Et moi, j'hésitais entre…

Elle tomba. Cela ne dura que deux ou trois secondes : ses cheveux volèrent autour d'elle, le barreau traversa les rayons du soleil, mes cousins applaudissant à tout rompre, inconscients du danger, puis elle fut engloutie dans l'océan Paillifique.

Je m'approchai de la rampe, les yeux mouillés ; je n'avais rien dit, je n'avais pas eu le temps, je…

– Il a voulu me tuer, souffla-t-elle, saine et sauve, en sortant de la paille. Il a essayé de me tuer!

– Ouais! Bravo! scandèrent Nathan et Bastien, qui n'avaient pas saisi ce qui s'était passé.

Clara revint sur le plancher, brandissant le barreau. Je me dirigeai vers Robin qui regardait vers les champs, debout entre les grandes portes.

– Où est-t-il ? lui demandai-je, les mains tremblantes.

– T'inquiète pas. Il est déjà loin.

Il montra du doigt les champs que Simon traversait à toute vitesse, suivi de Tibérius.

Ma cousine nous bouscula des coudes et se mit à sa poursuite, criant des injures – certaines absurdes et d'autres terrifiantes – qui s'éteignirent à mesure qu'elle s'enfonçait dans les hautes herbes.

– Clara ! Attends-nous ! cria Nathan en sortant de la grange.

– Oubliez ça, les gars, dit Robin, désintéressé. Elle ne peut plus vous entendre. Et si on allait faire un tour de tout-terrain ?

– Ouais, bonne idée, acquiesça Bastien.

Tous trois suivirent le chemin menant à la maison tandis que j'observais Clara qui fonçait vers les bois où Simon était entré. Bien qu'on ne l'entende plus, je savais qu'elle criait encore. Pourtant, je me sentis un peu moins inquiet ; la forêt était le royaume de Cinq-Sous et il aurait tôt fait d'y perdre la cousine.

Officiellement, je fus la dernière personne à la voir vivante.

La Sûreté provinciale organisa une battue des environs, aidée par une coalition de gens du village. Durant quatre jours, notre maison devint un véritable quartier général ; en plus de la famille de Clara – qui resta jusqu'à ce qu'on abandonne les recherches –, des hommes en uniforme allaient et venaient sans arrêt. Des équipes formées de policiers et de volontaires se relayaient aux trois heures, chacune accompagnée de mon père et de mon oncle. Des journalistes de la télé locale campèrent dans leur minibus coloré jusqu'à ce qu'ils n'aient plus rien à raconter.

Plus tard, ma mère me confia qu'elle était dans l'état zombiesque le plus total ; ce dont elle se souvenait particulièrement, c'était de n'avoir jamais fait autant de café que pendant ces quatre jours. Elle m'avoua s'être sentie si impuissante face au désarroi qui accablait ma tante Juliette qu'elle s'était contentée de la consoler en évitant d'engager la conversation. Elle avait été soulagée lorsque le centre de services sociaux de Val-d'Or avait dépêché une équipe de soutien (une travailleuse sociale et une infirmière), qui resta chez nous pendant les recherches et qui prit soin de ma tante, de Bastien et de Nathan, ces derniers n'arrêtant de pleurer que pour manger et dormir.

Tout comme moi, Robin et Simon, mes cousins furent interrogés à plusieurs reprises par un certain inspecteur Black, bien qu'il se présentât à nous en tant que « détective François ». Il tenait à savoir ce qui s'était passé exactement dans les minutes, les heures et les jours ayant précédé la disparition de Clara. Bien que chacun de nous lui eût raconté sa version de l'histoire du barreau, celle qui devait l'intéresser le plus était probablement celle de Simon.

Sa version de cette histoire et de la poursuite dans les bois.

Dès l'arrivée de la police, je passai chaque seconde à scruter le visage de Simon afin d'y discerner une émotion, un aveu, n'importe quoi. J'étais plus préoccupé par cela que par le sort de Clara, alors que j'aurais dû ressentir un minimum de culpabilité. Elle ne s'était pas blessée dans sa chute, non, mais je ne lui avais donné aucun avertissement, sachant dans mon for intérieur que Simon avait prévu quelque chose.

Aujourd'hui, plus de vingt ans après ces événements, en les rares occasions où moi et mes frères nous rencontrons (Simon est devenu ce qu'on appelle un activiste de la fondation Greenpeace, quelque part dans l'ouest du pays – j'ignore s'il a un vrai boulot ou s'il est marié), l'été 79 reste un sujet interdit, comme si nos mémoires recelaient des secrets indicibles. Robin est resté le même ; il n'a pas perdu le goût du risque, devenu à la fois pompier et père de quatre enfants. Je crois que sans lui je ne reverrais plus Simon.

Ses yeux me hantent encore et je frissonne lorsqu'il m'adresse la parole. Il le sait et, depuis cet été fatidique, il a préféré m'éviter lui aussi, ce dont je lui suis reconnaissant.

Je l'ai souvent remercié en silence de ne jamais avoir profité du fait que j'avais terriblement peur de lui.

Quand je trouvai enfin le courage de le suivre en secret jusque dans les bois, il y avait un mois que mon oncle et ma tante étaient repartis, emportant avec eux de funestes souvenirs. Dans une conversation que je captai à travers la porte de la chambre de mes parents, j'appris ce que Simon avait raconté au détective. Premièrement, il avait entendu Clara appeler son nom à plusieurs reprises, mais ne l'avait pas revue depuis qu'il était sorti de la grange. Deuxièmement, il avait couru sur une bonne distance afin d'être sûr qu'elle ne le rattrape pas ; puis, lorsqu'il était revenu à la maison, vers l'heure du dîner, il avait été surpris de ne pas la trouver avec nous.

Lorsqu'on lui demanda ce qu'un garçon de son âge allait faire si longtemps en forêt, il répondit qu'il allait observer une famille de renards dont la tanière se trouvait au flanc d'une colline, à plusieurs minutes de marche. (À ce moment, j'imagine le détective levant un œil sceptique vers ma mère et celle-ci lui confirmant que Simon avait mentionné un emplacement du genre dans les semaines précédentes.) Bien que cela satisfît la curiosité du détective, la mienne fut piquée au vif.

Il devait donc être un peu moins de sept heures du matin quand je filai en douce et allai me cacher à un croisement, près de la hutte de castors. Je m'étais blotti derrière de denses arbustes longeant l'étang. Ce matin frais de fin d'août conférait à la surface de l'eau un aspect mystérieux : elle reflétait les arbres, le ciel et quelques nuages en assombrissant leurs couleurs. Malgré le calme apparent, on ne pouvait douter de la vie qui s'agitait sous ce miroir d'eau : insectes, tortues et crapauds, mais aussi une petite famille de castors qui vivait ici depuis je ne sais combien d'années avant que mon père n'achète la maison de campagne.

J'en étais à ces réflexions, tout en m'empiffrant des bleuets qui jonchaient le sol autour de moi, quand j'aperçus dans l'étang l'image renversée de mon frère qui arrivait par le sentier. Je restai immobile, ne respirant que par longues et silencieuses bouffées d'air.

Simon marchait d'un bon pas, vêtu de son éternel blouson en jean, de sa casquette et d'un pantalon rouge. Il arriva à la hauteur du pont chevauchant le ruisseau, aux abords de la hutte, et regarda longuement le cours d'eau qui sinuait vers les champs, avant de traverser et de poursuivre sa marche dans le sentier.

Je m'apprêtais à sortir de ma cachette pour le filer quand il bifurqua subitement vers la rive opposée, où la berge, semée d'une herbe pâle et éparse, montait en pente douce. Il posa une main sur le sol et attendit, comme s'il cherchait à sonder la terre ou à repérer des vibrations sismiques. Après un temps, il recula près d'un haut merisier épargné par les rongeurs et commença à se déshabiller.

Je dus faire un réel effort pour ne pas éclater de rire, tant la scène m'apparut d'un ridicule désopilant. Voilà cet enfant sage et discret, nu comme la graine qu'on sème, debout en plein jour devant l'étang où ses frères

pêchaient des vers l'été durant! C'était la première fois
que je le voyais sans caleçon depuis des années. Il plia
méticuleusement ses vêtements et accrocha son blouson
à une branche cassée du grand arbre.

Cette fois, il posa les deux mains sur le sol, les bras
en extension entre ses deux jambes écartées, telle une
grenouille rose géante. On aurait presque dit qu'il allait
faire sur la rive! Cette pensée fit monter en moi un rire
qui me contracta les poumons et me piqua les yeux. Puis,
avec des gestes gracieux comme ceux d'une ballerine, il
entra dans l'eau – étonnamment froide, quelle que fût la
période de l'année –, un pas après l'autre, jusqu'à ce qu'il
soit complètement submergé. Il disparut quelques secondes, puis refit surface au centre de l'étang, nageant
silencieusement dans les reflets du soleil qui commençait
sa lente ascension.

J'eus soudain l'impulsion de sortir de ma cachette et
de crier: «Salut, Cinq-Sous!» juste pour voir l'expression
de son visage, mais je n'en fis rien. J'étais figé sur place,
les jambes endolories et une crampe naissant dans le bas
de mon dos. Je savais que je ne pourrais tenir dans cette
position encore longtemps sans me faire remarquer; si ce
n'était pas une toux subite qui me trahissait, ce serait le
bruit de mon corps s'écrasant dans les bleuets sous le
poids de l'attente. La meilleure option était de battre en
retraite vers la maison et d'espérer qu'une prochaine fois
Simon se rende jusqu'à la tanière des renards, si vraiment elle existait.

Et pourtant je restai là, voyeur accroupi dans les
bois, tel un loup qui guette une brebis perdue, cherchant
la manière la plus sauvage de l'engloutir. L'occasion était
tout simplement trop belle d'observer Simon dans son
intimité sacrée. Il nagea encore une dizaine de minutes
en faisant de longs trajets sous-marins, puis sortit et rejoignit la rive.

C'est alors que je remarquai d'étranges traces rouges sur son dos, comme de petites lignes qui se distinguaient sur sa peau bleuie par l'eau froide. On aurait dit des traits de crayon feutre qui le sillonnaient de la nuque jusqu'aux fesses. Je pensai qu'il s'était fait ces écorchures en se frottant à des branches au fond de l'étang, mais il ne semblait pas souffrir de ces blessures. Tout à coup, il leva les bras en croix, les doigts écartés et les paumes vers le ciel, comme il avait fait dans la grange le jour où Clara avait disparu, et fit volte-face.

Ce que je vis me foudroya : toute sa poitrine était marquée de traits rouges. Cela s'étendait sur la majeure partie de son corps : ses joues, son front et son cou portaient ces étranges dessins, et j'eus la certitude que mon frère était couvert de sangsues. Il resta là pendant plusieurs minutes, figé comme une statue lugubre, les yeux clos et la tête rejetée vers l'arrière. J'eus une pensée pour Robin et me félicitai de ne pas l'avoir emmené.

C'est au moment où Simon se mit à faire des gargouillis que je tombai sur le derrière, pris d'une peur telle que je n'en avais jamais connu. De sa gorge jaillissaient des sons que je n'aurais su associer à un être humain, si je n'en avais été témoin. C'était comme s'il essayait de crier avec la bouche pleine de mélasse. Un roulement gras et continu, comme s'il n'avait pas besoin de respirer ; l'intensité variait, mais ça ne s'arrêtait jamais. On aurait dit qu'il en contrôlait la force, le roulement, le débit ; comme un langage parlé.

Je réalisai que j'avais les yeux clos lorsque j'entendis le bruit de quelque chose qui émerge de l'eau. Quelque chose ou *quelqu'un* sortait de l'étang et je sus sans regarder de qui il s'agissait : c'était Clara, boursouflée et les yeux révulsés dans un visage violacée. Elle était là – *elle avait toujours été là* – dans sa robe verte et coiffée de petites tresses ; elle allait rejoindre sur la berge son cousin méprisé pour assouvir sa vengeance. Je pouvais presque sentir son parfum de petite fille, dissimulé sous l'odeur des algues et de la terre mouillée.

Clara s'était noyée et on n'avait pas retrouvé son corps, même si la police avait ratissé le fond de l'étang. Et maintenant elle était de retour.

Je ne voulais pas voir mais j'ouvris quand même les yeux ; le paysage fut brouillé par le tremblement qui me secouait le corps.

Il n'y avait personne sauf mon frère, crucifié sur une croix invisible, plantée dans un sol qui remuait comme si la terre était meuble. Je m'essuyai les yeux pour y enlever les larmes me privant d'une vue nette.

Clara n'était pas là, et ce n'était pas le sol qui remuait. C'étaient des castors. Il y en avait plus d'une dizaine sur la berge et d'autres sortaient de l'étang ; la plupart étaient de grosseur moyenne, tandis que d'autres semblaient plus gros que Tibérius. Ils avançaient vers Simon, leur corps ballottant d'un bord à l'autre et leur queue plate traînant dans l'herbe mouillée.

La première chose qui me vint à l'esprit fut qu'ils étaient beaucoup trop nombreux pour être de la même famille. Dans les occasions où Robin et moi en avions vu, lors de nos parties de pêche, on n'en comptait jamais plus de deux ou trois. Et jamais ils ne s'étaient aventurés hors de l'eau en notre présence. Ceux-ci n'étaient pas peureux le moins de monde et ne semblaient nullement dérangés par les gémissements de Simon.

Lorsque je les vis commencer à tourner autour de lui, je crus assister à une sorte de rituel : tandis que d'autres castors quittaient l'étang – il devait y en avoir plus d'une trentaine à présent –, les plus gros se collaient à mon frère, juchés sur leurs pattes de derrière, et lui caressaient les jambes de leurs petites mains griffues.

Derrière lui, sept ou huit rongeurs arrachaient des branches à coups de dents et les empilaient à ses côtés ; d'autres s'occupaient du tronc d'un long tremble. Leur efficacité était redoutable et ils travaillèrent dans une harmonie de coups de dents mordant et taillant le bois. C'était extraordinaire et effrayant à la fois. J'étais le témoin d'une danse macabre entre un enfant et une multitude de bêtes.

Je compris bientôt que les castors qui entouraient Simon ne faisaient pas que le toucher : ils *reniflaient* sa peau. La *cisaillaient*. Une demi-douzaine s'affairaient à ses mollets, et parfois l'un d'eux donnait un petit coup en avant et une nouvelle marque rouge faisait son apparition à cet endroit.

Ceux qui coupèrent des branches et des feuillages construisirent deux monticules sur lesquels d'autres grimpèrent afin de rejoindre les bras de Simon. Puis les plus petits castors chevauchèrent les bêtes plus massives et atteignirent le pénis et l'abdomen, sentant, goûtant chaque centimètre d'un Simon devenu silencieux. Il fut complètement recouvert en quelques minutes, transformé en un véritable épouvantail poilu et grouillant, luisant d'yeux noirs, de petites oreilles et de queues en galette. Seul son visage rose resta distinguable, paisible et souriant.

J'ignore ce qui me poussa à m'enfuir à ce moment-là. Peut-être le concert du frottement des bêtes les unes contre les autres. Ou le clapotis incessant de l'eau. Ou Simon qui éclata d'un rire enfantin, au comble de la joie, comme si c'eût été le plus beau jour de sa vie.

Ou bien la soudaine certitude de ce qui était arrivé à Clara.

Lors de la fameuse journée, Simon s'était-il réellement rendu jusqu'à la tanière des renards ? N'avait-il pas plutôt tendu un piège à Clara, peut-être la poussant dans l'étang où attendait une horde de castors prêts à la gruger jusqu'aux os, à la briser en morceaux pour la cacher dans leur hutte, là où personne ne songerait à aller fouiller? C'était impensable, mais suffisant pour me sortir de ma torpeur. Je me levai et me mis à courir dans les bois. Je ne me souviens pas comment je suis retourné chez moi, ni à quelle heure j'y suis arrivé, ni si je l'ai fait en hurlant comme un fou. Seulement que je me réveillai deux jours plus tard, entouré de ma mère, de mon père et de Robin, pris d'une forte fièvre qui me cloua au lit jusqu'au début des classes.

Mes parents divorcèrent l'hiver suivant – sans que j'en connaisse les raisons exactes. C'est avec soulagement que je quittai la campagne pour retourner en ville avec Robin et mon père. Maman resta à la campagne quelques années encore, puis partit dans l'Ouest avec Simon, où sa sœur possédait une grande maison près de la mer.

J'ai voulu écrire à mon frère à plusieurs reprises, histoire d'exorciser mes souvenirs de l'été 79. Pas nécessairement pour reprendre contact, mais pour me libérer de ces images, pour dormir paisiblement de nouveau.

Aucune lettre n'est allée plus loin que: «Salut, Cinq-Sous.»

Le *pusher*

Les chroniques policières
de Gilles Massicotte

La pleine lune veille sur Val-d'Or quasi endormi. Seule l'activité nocturne du centre-ville trouble la quiétude de la nuit. Des véhicules sont garés çà et là dans la 3ᵉ Avenue, où les enseignes commerciales rivalisent de luminance. À l'occasion, on entend un vrombissement de moteur, un crissement de pneus ou un beuglement de klaxon.

Tandis que de rares piétons, dont certains titubent, se déplacent d'un débit de boissons à un autre, un quinquagénaire vêtu de guenilles arpente le trottoir. Les cheveux d'un gris jaunâtre liés derrière en queue de cheval, le front ceint d'un bandeau noirci de crasse, le nez bulleux et la mine patibulaire, l'homme commerce en catimini.

Dernièrement, Paul Tromp, dit Coco le *pusher*, a changé de fournisseur. Les *Heaven's Devils* lui ont fait une offre impossible à décliner. Son ancien pourvoyeur, Ti-Pite Lamontagne, n'a pas apprécié sa défection, mais « l'armoire à glace à l'encéphale fêlé », comme il l'appelle, est beaucoup moins redoutable que ses nouveaux protecteurs. Or, si minable que soit sa chienne de vie, Paul y tient quand même. Sa décision a donc été vite prise.

Il passe devant l'ancien *K-Mart* quand un grand type en jean, adossé à un pilier, l'interpelle.

— Coco! T'as de la blanche?

Il s'arrête et lève les yeux sur l'individu. Puis, crachant par terre :

— T'es qui, mec? J't'ai jamais vu avant.

— J'arrive de Montréal. C'est Louis Lamy qui m'a dit que t'en avais de la bonne depuis quelque temps.

— Hum! fait le *pusher*, un sourire ironique en coin. Ton Lamy, c'est pas une référence.

Sans en dire plus, il continue son chemin tandis que l'autre crie :

— Mange d'la marde!

En guise de réponse, le revendeur miteux lève le bras dans les airs, le médius en évidence. Il s'est prémuni contre les agents doubles en refusant de servir les inconnus, mais il a une peur bleue des délateurs, une race qu'il ne peut souffrir. Et il soupçonne justement Lamy d'en être.

— Y a plus de morale de nos jours, dit-il sans s'apercevoir qu'il a parlé à voix haute.

Intérieurement cette fois, il continue son soliloque. « Lamy! Un gars qui tète les flics! Pas de danger que j'y fasse confiance, à c'te petite charogne, ni à personne. Le monde est trop reviré à l'envers. Plein d'intrigues. Y faut toujours se surveiller le cul. Quand je pense au fouille-marde de Berger qui pourrit dans sa cabane à chien cadenassée pour une *waitress* zigouillée... Un vrai *frame-up*. Moé, je l'sais. Si y avait un gars *straight* dans la police, c'était bien Berger. Lui, au moins, y me fichait la paix. Non, y a vraiment plus de morale de nos jours. »

Continuellement sur la défensive, il ne garde jamais de stock sur lui, mais possède des caches partout sur sa route qui commence à *L'Eldorado* et se termine au *Barrab*. Quand un client l'accoste, il empoche d'abord l'argent, et livre ensuite la marchandise.

– Attends ici! J'reviens dans dix minutes, dit-il invariablement.

Puis il s'éclipse. Quand il réapparaît, c'est pour révéler à l'autre l'endroit où il trouvera sa drogue. Le commerce de Paul Tromp a été florissant en ce premier jour du mois. Les poches pleines d'argent, il accélère le pas pour arriver au *Barrab* avant le *last call*.

Il remarque que Pite Lamontagne a garé sa Cadillac rutilante devant le bar. «Celui-là, y faut toujours qu'y pète plus haut que le trou.» Puis, sans plus se soucier de son ancien fournisseur, il entre, balaie l'endroit de son regard et salue de la tête quelques connaissances. Il localise le gros Pite assis à une table et prend place au bar.

– Salut, Coco! Molson Dry? lui demande le barman.

– *Yes, man!* répond-il en lançant un billet bleu sur le comptoir.

– Pas de verre, comme d'habitude?

– En plein ça!

Le *pusher* repousse la monnaie du revers de la main et il vient de porter la bière à ses lèvres quand quelqu'un s'installe à son côté en le bousculant. Il s'étouffe, crache jaune, pose sa bouteille d'un geste sec pour ensuite se tourner vers son voisin, les poings en l'air.

– Maudit…!

Il s'arrête net. Devant lui, Pite Lamontagne le toise, le visage en grimace.

– Beau temps pour se faire suicider, tu trouves pas, mon coco?

Paul Tromp blêmit. Il aimerait bien boxer le gros, mais il n'est pas de taille. Il pense à jouer du couteau qu'il a à sa ceinture, mais se retient. La rage au cœur, il tourne les talons et sort sans demander son reste.

Quand Pite Lamontagne retourne à sa voiture, il la trouve affaissée sur ses quatre pneus à plat.

— Tu perds rien pour attendre, mon sale, hurle-t-il tout en frappant l'auto des pieds et des poings.

Coco le *pusher* a regagné son abri : une chambre crasseuse dans une cave au plafond bas et aux murs humides. Installé à une petite table, il compte la recette de sa journée, éclairé par une ampoule qui pend dans le vide. Autour de lui, seuls un matelas couvert de draps en désordre et une vieille commode complètent l'ameublement. Au fond, le robinet d'un lavabo laisse couler des gouttes qui frappent la porcelaine rouillée en un clappement répétitif. Le *pusher* défroisse les derniers billets avant de les poser sur la pile, devant lui. Soudain, il croit entendre un bruit étouffé derrière la porte. Aux aguets, il reste immobile, l'oreille tendue. Il perçoit un autre frôlement suspect. Son cœur se met à palpiter.

— C'est qui, ça ?

Pas de réponse.

— *Shit !*

D'un geste nerveux, il empoigne les billets et les fait disparaître sous le matelas. Il s'arme de son couteau et en fait surgir la lame, qu'il pointe devant. Puis, lentement, à pas feutrés, il se dirige vers l'entrée, une sueur froide perlant sur son front.

La porte s'ouvre avec fracas. Coco le *pusher* a à peine eu le temps d'apercevoir Pite Lamontagne que le bout d'un canon bleu crache une flamme dans un claquement d'enfer. Il ressent une vive brûlure à la poitrine, puis s'écroule.

Alerté par des voisins qui ont entendu la détonation, le répartiteur du poste de police envoie l'équipe du constable Manach sur les lieux. Quand le policier fait irruption en catastrophe, l'arme au poing, il trouve Paul

Tromp gisant dans son sang et agonisant. Il fait venir une ambulance, puis s'accroupit près de la victime.

– Coco, tu me reconnais ? As-tu vu qui t'a tiré ?

Le moribond secoue la tête de bas en haut.

– Oui, dit-il faiblement.

– Qui ?

En d'autres circonstances, le truand agirait autrement. Il serait l'unique artisan de sa vengeance, la mijoterait, l'assaisonnerait et s'en délecterait. Mais le sablier de sa vie se vide inexorablement de ses derniers grains. Il ne lui reste qu'une chose à faire : violer l'omerta, la seule loi qu'il a jusqu'ici respectée.

– Qui ? répète Manach fébrilement.

Le moribond tousse. Un flot de sang apparaît à la commissure de ses lèvres. Puis, dans un souffle :

– Je sais que je vais mourir. Sans ça... C'est Pite Lamontagne qui m'a descendu. Et c'est pas tout...

– Je t'écoute, mon vieux. Vas-y !

Sa gorge ne rend plus qu'un son enroué, mais perceptible.

– J'étais au *Barrab* le soir où Nadia Wilson a été étranglée chez elle après son *shift*... J'ai vu ton *chum* Berger prendre la porte, saoul comme une botte... C'était juste après le *last call*... Pis je suis parti aussi... L'endroit était désert... J'pissais, caché au coin de la bâtisse, quand Nadia est sortie.

Son corps se convulse.

– Et puis ? l'implore Manach.

Dans un ultime effort, Paul Tromp, dit Coco le *pusher*, révèle ce qu'il a toujours gardé secret.

– Pite Lamontagne est arrivé dans sa Cadillac. Y a dit d'embarquer, qu'il allait la conduire à la maison... Y sont partis ensemble.

Les yeux du mourant se mettent à papilloter, puis se figent, révulsés.

Sous le signe des Gémeaux

Jaquy Lamps

Debout sur la terrasse supérieure du patio, le vieux musicien embrassa d'un regard dominateur le panorama que lui offrait la nature en ce matin de février, comme il aurait enveloppé d'un seul coup de baguette circulaire la masse de son orchestre.

Dès l'aube, tout n'avait été que douceur, calme et émerveillement. La surface du lac scintillait de millions de diamants éphémères que des rayons rasants accrochaient à fleur de neige. Quelques petites îles au loin frangeaient l'horizon de pointes d'épinettes qui découpaient le ciel avec la précision d'un scalpel dans la lumière du jour naissant.

– Ah! tout commence adagio, murmura-t-il. L'heure est proche...

Chacune des phrases étranges qu'il prononçait était ponctuée de fioritures musicales à la signification plus ou moins obscure pour le profane. Peu de temps après sa réinstallation à Preissac, dans la maison familiale, des voisins curieux nous rendirent visite. Cinquante ans d'absence ! Il se cuirassa de silence, comme inaccessible à nos bavardages.

Soudain, pour le ramener parmi nous, et comme je l'aurais fait pour une personne malentendante, je scandai en ralentissant :

– Veux-tu... du... café, Raymond ?

La réplique jaillit, cinglante et désarmante, enluminée de sonorités italiennes. Inaccessibles au jargon de mon jumeau, nos hôtes se regardèrent sans mot dire, riant sous cape, et prirent rapidement congé.

C'est au dépanneur des Rapides qu'un des clients m'apostropha, avec un sourire narquois :

– Coudonc, Raynald, ils ont relâché le maestro, à Montréal !

Sans répondre, je ramassai ma monnaie et sautai dans ma voiture.

Grand chef d'orchestre, Raymond s'était consacré exclusivement au monde musical et s'y était englouti. Il était devenu imperméable aux plaisirs quotidiens. Pendant trente ans d'activité intense dans les partitions et les salles de concert, absorbé dans sa passion exclusive, il avait vécu au contact permanent des âmes torturées des compositeurs. Ses frasques délirantes l'avaient fait dériver lentement vers un hôpital psychiatrique, où il était resté plus de vingt longues années. Les nouveaux critères des services de santé l'ayant fait juger inoffensif, on m'avait demandé de relayer l'institution de Montréal où il était interné : j'étais son plus proche parent.

Un bonheur indescriptible mêlé de crainte m'avait envahi : j'allais enfin retrouver cette autre moitié de moi-même ! Enfants, nous étions tous deux très doués pour la musique. Les aléas de la vie m'avaient contraint d'abandonner l'orgue et de reporter mon appétit de culture sur la littérature.

J'imaginais nos retrouvailles comme la suite de la complicité particulière qui nous avait unis dans l'enfance, mais j'avais dû vite déchanter. Physiquement, bien sûr, dans les traits du septuagénaire qu'il était devenu, je me retrouvais en miroir. Mais pour le reste… Nous avions passé autrefois tant d'années à nous comprendre sans nous parler ! Et maintenant ses propos ronflants à connotation musicale, qui fusaient de manière extravagante à chaque instant, ne cessaient de me surprendre et de me dérouter.

Les premiers mois, j'avais exercé une surveillance serrée, comme me l'avaient conseillé les médecins, lui évitant toute stimulation excessive.

L'épisode du dépanneur me convainquit de le tenir à l'écart des quolibets en évitant les rencontres avec les villageois. Aucune difficulté : de notre propriété partaient de nombreux sentiers qui permettaient de belles et longues promenades. Il pourrait s'y consacrer au culte d'Euterpe en toute liberté, et ne dérangerait personne.

Au fil des semaines, rassuré par ses comportements acceptables, malgré ses inoffensives manies verbales, j'avais relâché la bride et lui avais laissé l'initiative de choisir le but de ses sorties dans la campagne. Mais j'aurais dû écouter ce prétentieux de Louis Lamy, notre cousin de Val-d'Or ! Il voulait rédiger la biographie de ce parent qui l'entraînerait sûrement dans son sillage de célébrité. La tentative avorta devant l'impossibilité, disait l'auteur, de trouver un fil conducteur, une cohérence au charabia de Raymond ! J'aurais dû accepter la triste réalité : le pauvre esprit troublé de mon frère suivait désormais des voies non balisées où je ne pourrais plus le rejoindre.

— Ray, annonça-t-il en fin de journée en quittant ses bottes pour venir souper, l'heure est arrivée. J'irai au bout de mes craintes, au bout de moi-même. Je vais rompre avec les incertitudes et réaliser un acte grandiose, bien plus important que tout ce que j'ai déjà accompli dans ma carrière de musicien célèbre.

Surpris par l'apparente cohérence solennelle de ce long discours, je lui demandai de préciser. Il continua sur le même ton :

— Ce soir, j'entreprends une expédition projetée depuis quelque temps déjà. Cette grande aventure me tient à cœur. Il faut que je sache s'ils connaissent l'art symphonique.

Ah ! nous revenions en territoire connu !

— De qui parles-tu donc, Raymond ?

Ne tenant aucun compte de ma question, il avait poursuivi en affirmant qu'il s'estimait suffisamment prêt pour se mettre en route presto, pour ne pas manquer un rendez-vous fixé par télépathie. L'endroit qu'il avait choisi était un peu éloigné, mais il connaissait bien le trajet.

— Me permettrais-tu de t'accompagner ? demandai-je, intrigué par ses propos mystérieux.

Je voulais garder un certain contrôle sur ce qui se préparait. À ma grande satisfaction, il accepta sans sourciller, même content que je veuille participer à son projet. Je poussai un soupir de soulagement : je n'aurais pas besoin de ruses de Sioux pour le suivre de loin, puis le ramener subtilement et sans heurt au logis.

Comme lui, j'attachai mes raquettes, et nous partîmes, bien qu'il fît déjà noir. Quelques mètres plus haut que la maison des Mathieu, un passage s'ouvrait sous les arbres.

Raymond reprit la parole et me cloua sur place :

— Les extraterrestres arrivent. Soyez prêts à les accueillir !

Le jour de son retour en région, un incident de circulation nous avait obligés à nous arrêter momentanément à proximité de Malartic. Nous avions alors eu tout le loisir de lire cette pancarte dans le faisceau des phares de la voiture. Je le fixais avec des yeux ronds quand il ajouta :

– Il faut leur répondre, Ray! Allons rencontrer ces entités étonnantes qui déchirent la nuit abitibienne et que j'ai aperçues dès ma descente d'avion à Val-d'Or. J'irai les voir de plus près, ces êtres venus d'ailleurs, qui bouleversent l'unisson de quiétude de ma forêt et de mon lac. J'apprendrai peut-être les raisons qui les ont poussés à envahir la Terre et à émettre de longs hurlements monocordes qui préfigurent peut-être l'évolution de la symphonie dans les siècles à venir. Maintenant, rapido! On ne peut savoir si leur séjour se prolongera longtemps encore.

Raymond avait-il eu un pressentiment? Il avait ajouté qu'en raison du caractère vraiment insolite de ces phénomènes intrigants tout ne se passerait peut-être pas comme il l'avait prévu. Quant à moi, je ne voyais aucune objection à faire une promenade nocturne, même sous de nébuleux prétextes. J'entrai dans son jeu:

– Quel plan peux-tu échafauder puisque tu ne sais rien d'eux ou presque? Ils n'ont produit qu'une impression fugitive qui excite ta curiosité et alimente ta peur.

Comme d'habitude, j'adoptais sa logique, pour essayer de prévoir où le mènerait son raisonnement. Mais, pour une fois, j'avoue que ses intentions me laissaient encore perplexe. Nous arrivâmes alors au niveau de la mine abandonnée qui brandissait des poutrelles rouillées hors de blocs de bétons désarticulés, laissés là comme les excréments non recyclables d'une énorme bête agonisante. Le sentier passait entre ces masses, faisant le tour d'une zone protégée. Une haute clôture aux portes cadenassées, mais trouée en de nombreux endroits, ainsi que des écriteaux dissuasifs en interdisaient l'accès. Des parois verticales de trente mètres de hauteur plongeaient en un immense puits carré s'enfonçant dans des eaux figées par le gel. Leur immobilité faisait naître une inquiétude qui rendait encore plus froide la lisse perfection de leurs bruns menaçants.

– Aurais-tu aimé interpréter Bach dans cette cathé-drale renversée ? demanda Raymond en se penchant vers le bas.

Un frisson me parcourut l'échine. Vite, faire diver-sion ! Détourner son attention ! Fasciné par l'inédit et l'absolu, il commençait à céder à l'attraction du gouffre !

J'eus un secours inattendu : la nuit maintenant tom-bée montrait un début d'aurore boréale à l'effet saisis-sant. Une lueur diffuse et bleutée avait majestueusement installé sur la noirceur de la voûte céleste de gigan-tesques tuyaux d'orgue mobiles qui s'organisèrent pro-gressivement en un ballet solennel. Raymond s'arrêta, l'âme touchée jusqu'à l'extase. Pour lui, je le savais, les projecteurs cosmiques obéissaient à la baguette d'un chef invisible. La splendeur muette de cette scène ma-gnétique se déployait comme une véritable symphonie visuelle qui amorçait son premier mouvement. Elle avait été entonnée comme un hymne forçant l'admiration inconditionnelle.

– Un si beau soir ne peut être que bénéfique, Ray ! Voilà leur second message ! J'étais sûr qu'ils connaissaient la musique ! s'écria-t-il.

Apparemment, il ne faisait aucun doute pour lui que l'on avait accepté son rendez-vous et qu'on le lui signalait ainsi. Il choisit de partir vers ce qu'il estimait être le centre de cette fête magnifique. Au moment où nous entrâmes dans les sous-bois qui menaient plus au nord, le ciel amorçait le deuxième mouvement de la partition sur un rythme plus rapide. Raymond exultait. Des camaïeux de gris alternaient avec le rosé et le mauve pastel, formant des flûtes aux rayures serrées qui sollicitaient l'œil de tonalités plus aiguës, cristallines, voire acides.

En quelques minutes, galvanisé par l'exaltation, mon frère atteignit le poste d'observation. J'avais de la peine à le suivre, car il menait, en accord avec ce qui se jouait au zénith, une cadence légèrement accélérée qu'il aurait sûrement imprimée à un orchestre pour traduire sa jubilation. Il traversa la route, déserte à cette heure, et il rejoignit en quelques pas rapides un trio d'arbres bien serrés.

– C'est ici, me dit-il, que nous tenterons une approche. Le site me semble favorable.

Il se mit à l'affût derrière les troncs et exigea que je l'imite.

Furieux de la tournure que prenaient les événements, je commençais à sentir le froid dans mes mocassins mouillés par la neige qui avait passé au-dessus des raquettes. Raymond poursuivit :

– Rien n'est en vue pour l'instant, Ray, mais souviens-toi ! Après la première tempête, mais surtout depuis que le lac a commencé à geler, cette horde d'envahisseurs tonitruants est arrivée. Je n'ai pu déterminer s'ils étaient amis ou ennemis.

Il me semblait commencer à comprendre ! Son isolement à l'hôpital et sa pauvre tête fêlée, conjugués à la surprenante annonce, semblaient l'avoir poussé à de curieux amalgames ! Il continua :

– En apparence, ils sont d'une indifférence totale. J'espère cependant nouer des relations dépourvues d'agressivité. Je saurai, piano, piano, les engager à se dévoiler davantage. Grâce à la musique, nous nous entendrons. Il faut que je vérifie leurs intentions. Et ce, dès maintenant !

J'essayai de le persuader de rentrer, évoquant justement la possibilité d'une rencontre inamicale. Comme pour me donner raison, nous vîmes soudain jaillir et défiler devant nous, dans l'obscurité du bois, plusieurs groupes de ces gros coléoptères qui nous aveuglèrent de leur projecteur de Cyclope et nous emprisonnèrent dans l'enfer du bruit. Je pensai au psychiatre qui avait souhaité tenir son malade à l'écart des situations perturbatrices en l'envoyant à la campagne! Se penchant vers moi, Raymond précisa:

– Ce sont des créatures bizarres, peut-être issues d'une de ces étoiles aux scintillements métalliques qui parsèment le firmament. Leur tête en forme de bulle laisse apparaître une fenêtre rectangulaire. Une peau lisse et sombre, colorée de quelques taches très vives, recouvre le haut de leur corps, dont la base luit et glisse sur le sol. Écoute le fracas de leurs percussions et de leurs cuivres qui éclate dans le silence. Ouvre les yeux! D'épaisses draperies ondulent en un long vibrato au toit de l'immense temple dont l'horizon seul constitue les frontières.

La tête levée vers la voûte céleste, il saluait ainsi l'aurore boréale, qui, dans son deuxième mouvement, devenait quiescente. Mes pieds n'étaient plus qu'une douleur glacée. J'osai maladroitement une interruption bien terre-à-terre:

– Ne crois-tu pas qu'ils laissent derrière eux une odeur de pétrole brûlé qui gâte le parfum frais et sauvage des épinettes?

Ignorant ma remarque, il enchaîna, inaccessible à mon réalisme:

– Peut-être craignent-ils une attaque ou des ennuis indéfinissables car ils sont rarement seuls. On les voit se suivre, émergeant de la nuit par groupes de deux, trois ou même plus, sur la piste qu'ils ont peu à peu créée et qui est régulièrement envahie par la neige tombante. Leurs meutes la retracent à chaque passage, le long de la route, à travers bois et même sur la surface du lac. Je les ai longuement observés de la fenêtre du salon. Quelquefois, comme les fourmis, ils traînent toutes sortes de charges derrière eux. Je me demande à quoi tout cela peut bien leur servir !

Abasourdi par ce discours farfelu, j'essayais de mobiliser toute mon imagination pour entraîner Raymond vers la maison avant que le froid nocturne, de plus en plus coupant, ne laisse de profondes traces sur nos deux organismes de vieux bonshommes fatigués. Mais il continuait à monologuer : il lui semblait qu'ils écrivaient, en grandes boucles sur le sol, d'immenses messages indéchiffrables, destinés aux constellations les plus reculées de l'univers.

– L'essentiel est d'établir un premier contact ! dit-il.

La peur s'insinuait en moi, peur du froid maintenant sibérien, peur de l'incertitude, peur de cet étranger qui avait été si intime et qui se perdait désormais dans des galaxies que je ne pouvais plus atteindre. Des rayons plus blancs, appliqués par ce qui aurait pu être une multitude de faisceaux laser, avaient accéléré le déroulement de la scène qui jouait son avant-dernier acte au zénith.

Un rugissement se fit entendre. Un, deux, trois phares trouèrent la nuit. Je regardai Raymond et découvris l'ivresse incontrôlable qui s'emparait de lui.

– Je vais enfin savoir, cria-t-il alors qu'un bref troisième mouvement se déchaînait.

Concentrant toute son énergie, mobilisant toute la force de ses vieux muscles ankylosés par le froid et l'immobilité, Raymond s'élança alors en direction du premier gros insecte qui progressait à une allure folle en vrombissant d'une manière démente. Commandé par un réflexe animal, je tentai en vain de le saisir à bras-le-corps.

La rencontre fut d'une brutalité épouvantable !

Gisant étourdi au milieu de la piste, Raymond tourna la tête vers les engins qui s'arrêtaient et faisaient demi-tour.

– Je souffre trop! Je ne veux plus affronter ces apparitions infernales! Fuyons, fuyons ces énigmes indéchiffrables! Je n'aurais jamais dû les provoquer! réussit-il encore péniblement à articuler.

Il poussa un hurlement quand un des conducteurs, accouru aussi vite que possible, pencha vers lui son casque dont il n'avait pas encore relevé la visière. Son corps affligé de blessures profondes et affaibli par la perte de sang ne fut pas assez solide pour combattre l'effroi. Il ne paraissait plus souffrir, comme anesthésié par une torpeur glaciale.

Au même instant, après une pause qui avait permis aux émotions de vibrer, un lent finale s'était amorcé, diluant progressivement les teintes, jouant sur les notes des larges bourdons de l'orgue céleste, libérant paisiblement les tensions. Son âme se drapa alors dans les plis étoilés de l'aurore boréale qui concluait, au firmament abitibien, telle une marche funèbre, la dernière symphonie à laquelle il participa. Une fois de plus, je me sentis trahi : le maestro m'avait définitivement abandonné!

Épilogue

L'Abitibi est un pays de froidure. Pour illustrer le fait, l'hôtesse a voulu conclure par cette légende, qu'elle tient de son père.

La légende du zéro

Il avait fait si froid ce matin-là en Acadie que le thermomètre avait cassé et que le zéro était parti. Très loin. Si loin qu'on ne l'a plus retrouvé. D'aucuns ont prétendu qu'il était remonté vers le nord, d'autres ont dit l'avoir vu courir sur la crête des vagues, d'autres encore ont raconté qu'il s'était enfui vers les vieux pays. On dit même qu'Antonine Maillet en a parlé dans ses livres. Mais on raconte tant de choses…

La vérité vraie, c'est que le zéro en avait assez d'être pris à partie. On l'invectivait, on le critiquait, on le combattait à grand renfort de feux de bois, de bottes fourrées et de vestes de laine. Alors, un bon matin, il a décidé de partir. D'aller là où on l'accueillerait, là où sa valeur serait reconnue.

Mais même un zéro intelligent ne peut pas tout prévoir. Pour n'avoir pas pensé que les girouettes contrôlaient le vent, il a voyagé longtemps, le zéro. Il a d'abord enfourché un petit vent frisquet qui devait le mener d'une traite là où il se sentirait bien. Mais, après seulement quelques heures, la girouette a viré de bord et le vent avec. Un peu plus et le zéro retournait d'où il était parti, aussi sec.

Tout juste comme ils allaient atteindre la côte de l'Acadie, la girouette a changé d'avis de nouveau. Ça n'a rien de surprenant, tout le monde sait que les girouettes ont une tête d'oiseau. Mais, comme le dévirement faisait bien l'affaire du zéro, il n'a rien dit quand le vent a repris sa direction première.

Durant le voyage, le zéro et le vent ont survolé des terres, des forêts, des rivières. Et, chaque fois, le zéro refusait de dételer.

– C'est pas encore ici que je veux m'installer.

Le vent commençait à faiblir.

– Dépêche-toi de te faire une idée, le zéro. Parce que je vois venir l'heure où je vais mourir.

Juste comme le vent achevait de râler, le zéro trouva enfin le pays de ses rêves. C'était une contrée plate avec des tas et des tas de lacs qu'il pourrait faire geler, des épinettes entre lesquelles se faufiler, des mélèzes qu'il ferait frissonner, des bouleaux à décorer de givre.

Au moment même où le vent mourait, le zéro s'installait. En une seule nuit, il fit changer le visage du pays. Au petit matin, les arbres secouaient des feuilles rougies par le froid ou jaunies par le frimas. Il ne fallut que peu de temps pour que le sol se couvre de blanc et que l'on puisse marcher sur les rivières et les lacs. Il fit tant et si bien qu'il assujettit toutes les choses à son autorité. Ainsi naquit l'expression « sous zéro » :

– Il fait vingt sous zéro...

– La température va tomber sous zéro cette nuit...

Le zéro se rengorgeait. Enfin, on le reconnaissait ! Tout guilleret, il ne se lassait pas d'entendre parler de lui.

Dans son pays d'adoption, le soleil brillait souvent malgré le froid et le ciel était d'un bleu profond. Il avait bien choisi. Aussi, quand vint le vent doux au printemps suivant, le zéro refusa de partir avec lui. Le pays lui convenait, il y resterait.

Cette histoire s'est passée il y a si longtemps qu'on n'arrive plus à démêler la vérité de la légende. Mais les gens de l'Abitibi ont coutume de dire que c'est depuis que le zéro est arrivé qu'il fait aussi froid chez eux.

ANNE-MICHÈLE LÉVESQUE

Table

Autres œuvres de fiction parues
chez BEAUMONT ÉDITEUR

Pierre Dubé, *La Folie*.

Anne Guilbault, *Loretta*.

Anne-Michèle Lévesque, *Rapt*.

Lionel Noël, *Louna*.

Pierre Revelin, *www.fritures.com*.

Jean-Marie Roy, *Coups d'éclat*.

Patrice Servant, *Lettre à Isabelle*.

Cet ouvrage
composé en caractères New Caledonia corps 12
a été achevé d'imprimer
sur les presses de l'imprimerie Héon & Nadeau ltée
à Victoriaville
le dix avril deux mille
pour le compte de BEAUMONT ÉDITEUR.

Imprimé au Québec